KB113865

드래곤 레이드 5

크레도 퓨전 판타지 소설

초판 1쇄 찍은 날 § 2017년 3월 16일
초판 1쇄 펴낸 날 § 2017년 3월 23일

지은이 § 크레도
펴낸이 § 서경석

편집책임 § 김슬기
편집 § 조은상

펴낸곳 § 도서출판 청어람
등록번호 § 제387-1999-000006호
등록일자 § 1999. 5. 31
어람번호 § 제1-2654호

주소 § 경기도 부천시 부일로 483번길 40 서경B/D 3F (우) 14640
전화 § 032-656-4452   팩스 § 032-656-4453
http://www.chungeoram.com
E-mail § chungeorambook@daum.net

ISBN 979-11-04-91237-5 04810
ISBN 979-11-04-91103-3 (세트)

FUSION FANTASTIC STORY

크레도 퓨전 판타지 장편소설

드래곤 레이드 ⑤

DRAGON RAID

도서출판 청어람

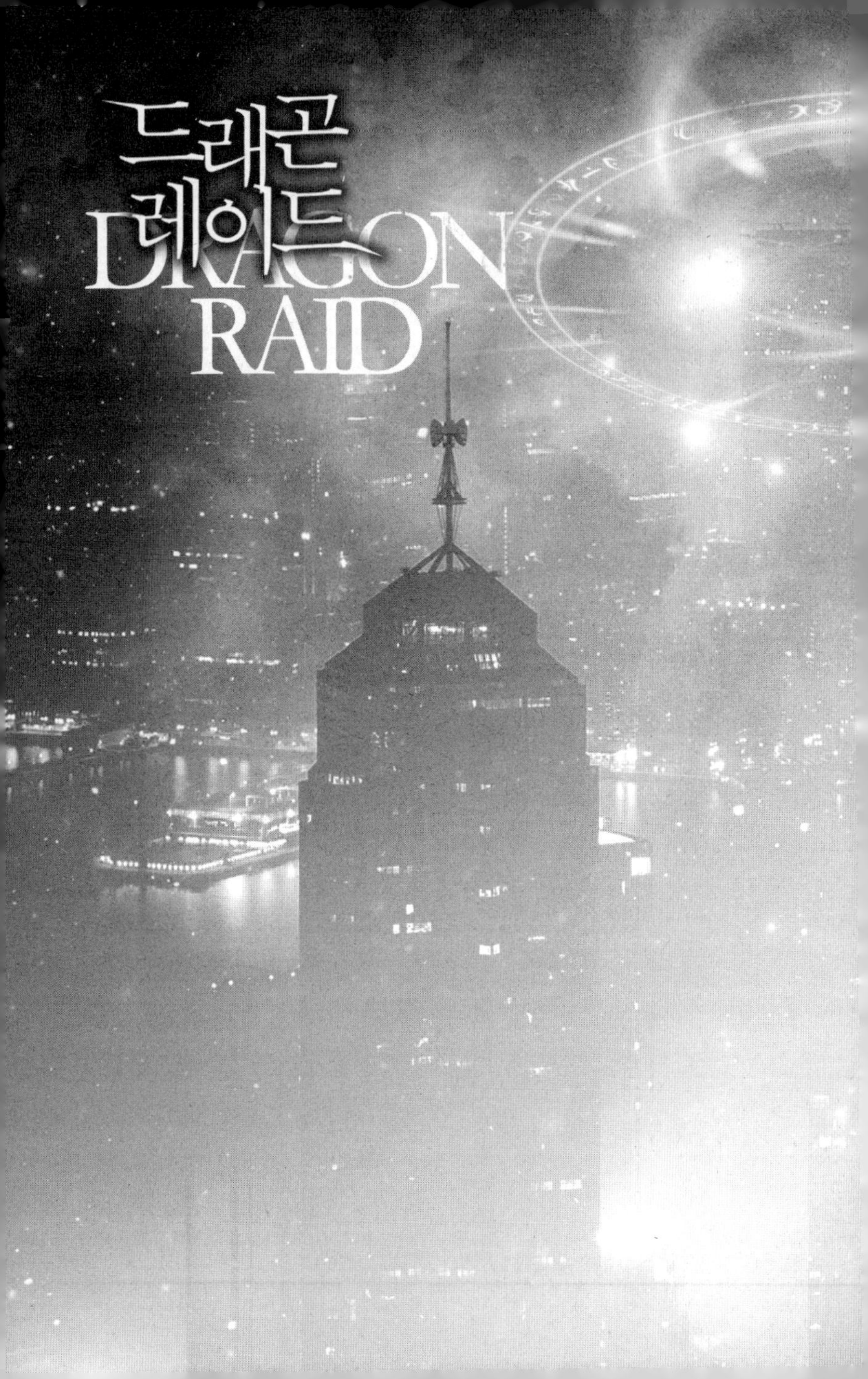
드래곤 레이드
DRAGON
RAID

CONTENTS

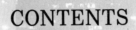

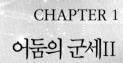

CHAPTER 1

어둠의 군세Ⅱ

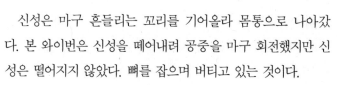

신성은 마구 흔들리는 꼬리를 기어올라 몸통으로 나아갔다. 본 와이번은 신성을 떼어내려 공중을 마구 회전했지만 신성은 떨어지지 않았다. 뼈를 잡으며 버티고 있는 것이다.

정신없는 와중에 고개를 돌려 옆을 바라보았다. 비공정 뒤를 바짝 쫓기 시작한 나머지 본 와이번이 보였다. 그리고 그런 본 와이번의 뒤를 따라오고 있는 것은 검은 안개, 좀비 와이번 떼였다.

'심각한데.'

저 좀비 와이번 떼에게 다시 휩싸였다가는 비공정은 갈기갈기 찢겨 나갈 것이 분명했다. 에르소나와 마법사들이 어떻게든 본 와이번을 견제하며 분전하고 있었다.

신성은 심호흡을 하며 본 와이번의 머리까지 올랐다.

구름 사이로 그랜드캐니언의 모습이 펼쳐졌다. 본래는 자연의 광활함을 느끼게 해주었을 그곳에는 불길함이 가득했다.

바위들은 이미 검게 물든 지 오래였다.

콰아앙!

비공정의 표면이 뜯겨져 나가며 사방으로 날렸다. 비공정의 상태는 심각했다. 비행은 고사하고 착륙이라도 제대로 할 수 있을지 의문이다.

그 모습을 본 순간 신성은 본 와이번의 머리에 검을 쑤셔 넣었다.

키에에에엑!

본 와이번이 비명을 질러대며 몸부림치기 시작했다.

"크으!"

그 자리에서 마구마구 돌다가 구름을 뚫고 밑으로 추락하기 시작했다. 위아래가 반전되고 시야가 소용돌이쳤다. 신성은 이를 악물며 검을 두 손으로 잡았다.

그그극!!

검이 더욱 깊게 박히자 본 와이번이 몸부림치는 것을 멈췄다. 여기서 좀 더 깊게 들어갔다가는 자신이 그대로 소멸할 것을 본능적으로 깨달은 것이다.

급격히 하강해 가는 본 와이번의 머리에서 신성은 검을 비틀었다.

"올라가라!"

캐애애액!

본 와이번의 머리가 위로 들리며 다시 상승하기 시작했다. 신성은 고개를 들어 위를 바라보았다. 부품을 공중에 흘리면서 급격히 하강하고 있는 비공정이 보였다. 구름을 뚫고 나타난 본 와이번이 비공정을 향해 커다란 입을 벌리고 있었다.

신성은 머리에 꽂힌 검을 흔들어보았다. 신성이 올라타고 있는 본 와이번은 머리의 흔들림에 맞춰 움직였다. 본 와이번은 지능이라고 불릴 만한 것을 갖고 있지 않았다. 그저 본능에 따라 행동하는 것으로 보였다.

머리를 움직여 어떻게든 조종을 할 수 있을 것 같았다.

신성은 심호흡을 하고 검을 비틀었다. 검을 더욱 쑤셔 넣자 고통에 반응하여 속도가 더욱 올라갔다.

휘이이!

바람이 스쳐 가는 소리가 귓가에 가득 울려 퍼졌다. 번지점프조차 해본 적이 없는 자신이 이러고 있는 것이 우습게 느껴졌다.

신성은 이를 악물었다.

저 멀리 있는 본 와이번이 비공정의 뒷부분을 입으로 물어뜯었다. 에르소나가 반격하고 있지만 본 와이번은 먹이를 쫓는 상어처럼 달려들 뿐이다. 비공정의 마지막 남은 마력 엔진이 꺼져가는 것이 보였다.

본 와이번을 조종하여 어떻게든 다가가려 하고 있었지만, 신성과 비공정의 거리는 꽤 멀었다.

'더 빨리!'

신성의 의지를 따라 본 와이번이 품고 있던 어두운 마력이 움직이기 시작했다. 너무나 자연스러워 신성도 알아차리지 못할 정도였다.

어두운 마력은 신성의 드래곤 하트에서 나오는 마력과 무척이나 닮아 신성의 의지에 반응했다.

[지배의 힘이 작용합니다.]
[홍염룡의 힘이 발현되었습니다.]

화르륵!

본 와이번의 검은 기운에서 불길이 치솟더니 본 와이본의 속도가 급격히 빨라지기 시작했다. 본 와이번의 검은 기운은 붉은 화염에 모두 타들어가고 있었다.

휘익!

불길에 휩싸인 본 와이번이 직선을 그리며 날아가 그대로 비공정을 아슬아슬하게 스쳐 지나갔다.

"뭐······?"

"무슨?!"

에르소나와 엘프들의 말이 들리는 순간이다. 신성이 타고 있는 와이번이 비공정을 쫓고 있는 본 와이번의 바로 앞에까지 도달했다.

멈추기에는 이미 늦었다.

'에라, 모르겠다.'

불길에 휩싸인 본 와이번이 마치 대포알처럼 다른 본 와이번에게 작렬했다.

콰아아앙!

신성이 타고 있는 본 와이번과 다른 본 와이번이 충돌하며 폭발했다. 몬스터끼리 부딪친 것이라고는 믿기 힘들 정도의 폭발이 일어났다.

화염이 터져 나가며 비공정이 크게 비틀거렸다.

"크윽!"

신성의 마력 스킨이 단번에 깨져 버리며 앞으로 튕겨 나갔다. 화염을 뚫고 튕겨 나온 신성의 몸이 비공정에 부딪치며 마구 굴렀다.

손을 비공정에 꽂아 넣었지만 쭉 미끄러져 앞부분까지 이르렀다. 부서진 창문에서 사르키오가 놀란 눈으로 자신을 바라보고 있는 것이 보였다.

"후우."

신성은 비공정에 매달린 채로 깊게 숨을 내쉬었다. 온몸에서는 연기가 치솟고 있고 두르고 있는 로브는 아직도 타오르고 있었다.

방금 그 폭발은 적어도 D+ 랭크 이상의 폭발이었다. 신성은 홍염룡이 지닌 강렬한 힘을 잠시나마 느낄 수 있었다.

"가, 각하! 무, 무사하십니까?"

"어떻게든… 계획대로 된 것 같습니다."

계획은 아니었다. 애초부터 그럴듯한 계획은 없었다. 본능에 따라 떠오르는 대로 움직일 뿐이었다. 운이 좋아 비공정에 도달할 수 있던 것이다.

'이걸 운이라 해야 하나.'

어쨌든 본 와이번을 처리할 수 있었다.

정보창이 떠올랐지만 신성은 지금 그것을 신경 쓸 상황이 아니었다.

"마, 마력 엔진의 출력이 내려갑니다!"

"이런……!"

마법사와 사르키오의 안색이 어두워졌다. 신성은 고개를 돌려 비공정에 붙어 있는 마력 엔진을 바라보았다. 출력이 현저히 줄어들어 비공정이 불안한 움직임을 보였다. 하강하고 있는 상황에서 결코 좋은 소식이 아니었다.

"맙소사!"

"에르소나 님! 와이번 떼가……!"

엘프들이 하늘을 바라보며 소리쳤다.

신성은 하늘을 보는 순간 탄성을 내질렀다. 저 위에서 각기 흩어져 있던 와이번 떼가 하나로 뭉치더니 비공정을 향해 날아오고 있었다. 마치 성난 벌 떼를 보는 것 같았다.

숫자는 수천.

그것들은 마치 하나의 거대한 몬스터가 된 것처럼 보였다. 초대형 몬스터를 가볍게 넘어서는 규모였다.

신성은 아래를 바라보았다. 지상까지는 제법 가까워져 있었다. 이미 안전한 착륙은 물 건너간 상황이다.

'이제는 어쩔 수 없군.'

신성은 비공정 위로 올라갔다. 두 발을 딛고 서서 몸을 지탱했다.

비공정의 윗부분도 구멍이 가득했는데 아래를 내려다보니 파티원들이 보였다. 그들은 넋이 나가 그대로 굳어 있었다. 저런 광경을 본다면 누구든지 전의를 상실할 수밖에 없을 것이다.

"세, 세상에!"

"아, 아아!"

망치를 들고 엔진을 두드리고 있던 드워프들이 입을 벌리며 와이번 떼가 만든 장관을 바라보고 있다.

"최대한 실드에 모든 것을 집중해!"

신성의 말이 떨어진 순간, 제일 먼저 정신을 차린 에르소나가 일사불란하게 각자 할 것을 지시했다. 마법사들은 재빠르게 실드를 캐스팅했고, 엘프들은 정령을 소환해 그 실드에 힘을 불어넣었다. 드워프들은 손상된 마력 엔진을 고치고 있었고, 사르키오는 땀을 흘리며 비공정 조종에 집중했다.

하늘을 가득 검게 물들인 와이번 떼가 비공정을 향해 빠른 속도로 다가왔다. 비공정보다 빠른 속도였지만 워낙 거대한 무리를 이루고 있어 그 속도는 느려 보였다.

'더욱더 뭉쳐라! 퍼지지 말고 그렇게!'

신성의 바람대로 와이번은 한 몸이 된 것처럼 뭉쳤다.

신성은 와이번 떼가 비공정에 가까이 붙을 때까지 기다렸다. 어차피 따돌리는 것은 불가능했다. 저놈들을 깡그리 죽여 버리는 수밖에 없었다.

오랫동안 참아왔다.

저 빌어먹을 것들을 태워 죽이지 않으면 화가 풀리지 않을 것 같았다. 드래곤 하트의 마력이 감정을 타고 요동치기 시작했다.

"대책이 있습니까?!"

"꽉 잡아! 살아남는다면 엄청나게 레벨 업이 되어 있을 거야!"

"그게 무슨……?"

에르소나는 신성의 말이 무슨 말인지 알아듣지 못했다. 에르소나의 얼빠진 표정은 감상하는 맛이 있었다.

신성은 발에 힘을 주어 두 발을 비공정에 박아 넣었다. 그러고는 다시 정면을 바라보았다. 저 재앙처럼 밀려오는 좀비와이번 떼에게 진정한 재앙이 무엇인지 가르쳐 줘야 할 때였다.

두근두근!

드래곤 하트가 격렬히 뛰기 시작했다. 뜨겁게 달궈진 마력이 사방으로 분출되며 붉은 불길이 되었다.

불길은 마법진이 되어 포악한 드래곤의 형상을 그리기 시작했다.

카가가가!

신성의 주위로 불기둥들이 솟구쳤다. 마력이 회오리치기 시작하며 불로 이루어진 토네이도가 공중을 휩쓸었다. 하지만 이것은 전조에 불과했다.

단지 앞으로 일어날 파괴의 시작을 나타내는 신호였다.

드드득!

신성의 몸에 마치 마그마를 제련해 놓은 것 같은 비늘이 솟구치기 시작했다. 온몸에 비늘이 덮이며 몸이 2미터를 훌쩍 넘을 정도로 커졌다.

처음 사용해 보는 반룡화 현신, 홍염룡이다. 모든 마력이 불꽃으로 변하며 일렁거렸다. 드래곤 하트가 용광로가 된 것 같은 기분이 들었다.

드디어 불길로 이루어진 날개가 등장하는 순간이다.

쿠오오오!

드래곤 하울링이 울려 퍼지는 순간, 와이번 떼의 움직임이 일순간 멎었다. 오로지 본능만이 남아 있는 좀비 와이번이었지만 공포 정도는 느낄 수 있는 모양이다.

그러나 곧 다시 움직이기 시작했다. 그들이 지닌 어두운 마력에서 산 자의 피를 탐하는 탐욕만이 느껴졌다.

신성은 그것에서 강한 불길함을 느꼈다. 만약 저 미친 와이번 떼가 죽음의 땅을 떠나게 된다면, 인간들의 대도시로 향하게 된다면 어떤 결과가 나올지는 이미 알고 있기 때문이다. 만약 현대의 무기가 통한다고 해도 전투기 따위로는 저 막대한 물량을 감당해 낼 수 없었다.

신성은 호흡을 들이마셨다. 그러자 주변에서 일렁이는 모든 화염이 신성에게로 빨려들어 왔다. 홍염의 브레스가 어떤 위력을 발휘할지 신성조차 몰랐다. 다만 느껴지는 파괴력은 지금까지 한 반룡화 현신보다 훨씬 강력했다.

현재 신성의 힘으로는 제대로 된 위력을 끌어내지 못할 정도로 말이다.

홍염룡은 오로지 파괴만을 위한 반룡화 현신이었다. 신성은 그것을 본능적으로 알 수 있었다.

신성은 솟구치기 시작한 파괴 욕구를 억누르지 않았다. 지금까지 억눌러 오던 모든 감정이 폭발하자 마력이 들끓기 시작했다.

신성의 황금빛 눈동자에서 살기가 폭발하는 순간이다.

콰아아아아아!

신성이 숨결을 내뱉는 순간, 거대한 홍염이 뿜어져 나갔다. 그것은 태양처럼 눈부신 빛을 내더니 어마어마한 크기의 빔이 되어 검은 와이번 떼를 휩쓸었다.

키에에엑!

캐액!

홍염의 브레스가 와이번 떼를 그대로 관통하며 지나갔다. 수천에 달하는 와이번이 한순간에 불꽃이 되어버렸다.

단순히 지나간 것만으로 끝난 것이 아니었다. 빛이 점점 붉게 물드는가 싶더니 한순간 점이 되었다.

콰아아아앙!

엄청난 폭발이 일어나며 화염의 폭풍이 공중을 휩쓸었다.

점을 중심으로 소용돌이치기 시작한 화염은 마치 블랙홀을 보는 것처럼 모든 와이번을 빨아들이며 태워 버렸다.

좀비 와이번들은 다시는 하늘을 자유롭게 날 수 없었다. 모든 것을 빨아들이는 재앙의 눈이 그곳에 존재했기 때문이다.

콰가가강!

사방에 번개가 치며 저 멀리 있던 구름마저 사라졌다. 그야말로 압도적인 광경이었다.

화염이 어둠을 말 그대로 지워 버렸다. 정보창은 그야말로 폭주 그 자체였다.

'다른 반룡화 현신보다 부담이 심해.'

온몸에 오는 과부하가 느껴지고 드래곤 하트가 깨질 것처럼 아파졌다. 게다가 신성마저 그 화염에 피해를 보았다. 그러나 직접 홍염의 브레스가 가지는 위력을 보니 이 정도 페널티는 당연한 것으로 느껴졌다. 공중에 있었기에 오히려 피해를 덜 받은 이점이 있었다.

그런 재앙에서 비공정이 무사할 수 있던 것은 브레스의 반동 때문이었다.

휘이이이이!

"크, 크억! 소, 소, 속도가!"

"마, 마력 엔진은 이미 꺼졌습니다! 그, 그런데 이 속도라니!"

사르키오와 마법사들의 외침이 신성의 귀에 들려왔다.

비공정이 엄청난 속도로 아래를 향해 뻗어가고 있었다.

신성이 만들어낸 거대한 화염의 꼬리를 달고 떨어지는 모습은 마치 유성과도 같았다.

신성의 몸도 들썩였다. 아래를 바라보니 파티원 모두가 무언가를 잡고 버티고 있었다. 이런 속도로 착륙하는 것은 무리였다. 그것은 착륙이 아니라 추락이었다.

브레스가 일으킨 반동은 신성도 예상하지 못한 것이었다.

'곱게 끝난 적이 없군.'

신성은 재빨리 손을 비공정에 박아 넣었다. 비행해 본 경험은 거의 없다시피 하지만 일단은 뭐라도 해야 했다.

그그그극!

신성이 전력을 다해 날기 시작하자 비공정의 천장이 일그러졌다. 속도가 점점 느려지고 있기는 하지만 이미 솟아오른 절벽과 바위들이 가까워지고 있었다.

"으윽!"

홍염룡은 신성이 감당하기에는 무리가 있는 반룡화 현신이다. 방금 그 위력을 볼 때 적어도 2차 각성 이후 레벨 150은 넘겨야 안정적으로 쓸 수 있을 것 같았다. 만약 드래곤이 된다면 어떤 위력을 가질지 신성도 예측하기 힘들었다. 현실의 레벨은 아르케디아 온라인과는 달리 그 위력이 그대로 발현되기 때문이다.

투득!

점차 비늘이 떨어져 나가며 반룡화 현신이 풀리기 시작했다. 이대로 풀렸다가는 신성도 무사할 수 없었다. 페널티 때문에 마력 스킨이 유지되지 않고 있었다.

드래곤이 되어가는 것은 그리 달갑지 않았지만 이럴 때는 대단히 아쉬웠다. 2차 각성을 한다면 좀 더 상황이 나아질 테지만 그것은 미래의 일이었다.

휘이이!

다행히 비공정의 속도는 느려지고 있었다. 온 힘을 다한 몸부림의 효과가 나타나고 있었다. 신성이 좀 더 힘을 집중하는 순간이다.

화르륵!

화염으로 이루어진 날개 하나가 소멸하며 사라졌다.

"이런!"

그 순간 비공정이 급격히 회전하기 시작했다. 마치 드릴을 보는 것 같은 모습이다.

"으, 으아아아!"

"꺄아악!"

"우악!"

파티원들의 비명이 들려왔다. 이 상황에서 정신을 제대로 차릴 수 있는 사람은 거의 없을 것이다.

신성도 정신이 없었다.

"젠장! 멈춰!"

강렬한 짜증과 분노를 느끼며 그것을 토해내는 순간이다. 마구 회전하던 비공정이 그대로 멈추었다. 속도 역시 급격히 느려졌다.

신성은 갑작스러운 상황에 살짝 얼이 빠졌다. 단지 말을 내뱉었을 뿐인데 온몸의 힘이 급격히 빠져나갔다.

반룡화 현신의 페널티를 뛰어넘는 굉장한 피로가 느껴졌다.

"도, 돌아… 세상이……"

"우, 우욱, 우웩!"

"우웩!"

"루, 루나 님, 부디 저희를……!"

파티원들은 정신을 차리지 못하고 있었다. 사르키오는 구석에 박혀서 정신을 잃은 지 오래였다.

"아, 앞에……!"

에르소나의 목소리가 들려왔다. 에르소나는 간신히 머리를 부여잡고 있었는데 정면을 바라보자 그렇게 외쳤다.

신성의 눈에 보이는 것은 솟아 있는 커다란 바윗덩어리였다. 그랜드캐니언의 깎여 있는 듯한 바위산 중 하나였다. 필드 침식의 영향을 받은 바위산은 검게 물들어 있었다.

신성의 반룡화 현신은 이미 풀려 버렸다. 이제 신성이 할 수 있는 일은 없었다.

"꽈, 꽉 잡아!"

신성이 말이 울려 퍼지는 순간, 비공정이 바위산과 부딪쳤다.

콰아아앙!

적막한 그랜드캐니언에 거대한 충돌 음이 울려 퍼졌다. 주변에 있던 기이한 몬스터들이 사방으로 흩어졌다.

파앗!

바위산을 뚫고 비공정이 튀어나왔다. 다행히 실드가 작동하고 있는 덕분에 비공정은 박살 나지 않았다. 실드는 바위산을 뚫고 나오는 순간 갈기갈기 찢어져 깨져 버렸다.

비공정이 경사면을 타고 썰매처럼 나아가기 시작했다.

"으윽!"

신성이 서 있던 곳이 뜯겨져 나가며 신성의 몸이 비공정과 함께 떨어졌다. 에르소나가 다급히 손을 뻗었지만 신성의 몸에 닿지 않았다.

쿵!

바위들로 이루어진 경사면에 닿는 순간 신성의 몸이 마구 회전하며 미끄러져 내려갔다. 비공정의 속도를 그대로 받은 탓에 속도는 결코 느리지 않았다. 살짝 솟아 있는 바위에 부덮치자 신성의 몸이 크게 떠올랐다.

경사면은 사라지고 절벽이 나타났다. 신성은 공중에 몸이 붕 뜬 채로 아래를 바라보았다.

상당한 높이였지만 그래도 지상이 저 아래에 있었다. 그리고 신성의 앞에 또 다른 절벽이 있었다.

휘이이익! 쾅!

절벽에 부딪치자 바위들이 터져 나가며 사방으로 날렸다.

절벽에 그대로 박혀 버린 신성은 울리는 머리 탓에 정신을 차릴 수가 없었다.

"끄응."

머리를 움켜잡자 검은 돌들이 떨어져 내렸다. 로브는 이미 넝마가 되었고, 갑옷은 박살 난 지 오래였지만 크게 다친 곳은 없었다.

그래도 충격 때문에 한동안 움직일 수 없었다.

드래고니안의 막대한 내구 스탯이 아니었다면 아마 온몸이 작살났을 것이다.

[LEVEL×10 UP!]

[3,000P UP!]

[대량 학살 보너스! 한 방에 팡팡팡!]

판정 : A+
보상
*LEVEL 3 UP!
*경험치 : 150%!
*500P UP!

[비공정 운행이 완료되었습니다.]
[축하합니다. 죽음의 땅에 도착했습니다.]

그런 정보창이 힘없이 파묻혀 있는 신성의 눈에 보였다.
과정이야 어쨌든 살아서 도착한 것은 확실했다.

＊　　　　＊　　　　＊

몸을 일으킨 신성은 일단 스텟과 스킬 포인트를 투자했다.
운행 중에 오른 레벨에는 신경을 쓰지 못했는데 생각보다 많
은 레벨이 올라 있었다.

'총 20인가.'

최초의 노선을 개척했기에 받는 경험치였다. 거기다가 드래
곤의 힘이 가진 버프 효과로 더 많은 경험치를 얻을 수 있었
다. 비공정을 운행한 것만으로도 레벨이 7, 거기에 방금 있던

지랄 맞은 전투에서 13이나 올라 총 20의 레벨을 올릴 수 있었다.

'90레벨이라……'

초창기에는 상당히 높은 레벨이었다. 그때 당시의 만 렙은 120이었다. 그 후로 패치가 계속되어 레벨 300을 돌파하게 되었는데 그때쯤이면 각 종족의 한계가 명확하게 드러나게 된다. 종족마다 한계 스텟이 있어서 스텟 포인트를 투자할 수 없게 되었다. 부가적으로 새로운 스텟을 개발하여 올리거나 각성, 또는 전직을 통해 한계를 개방하거나 해야 했다.

'후반에 너무 레벨 업 상승이 심했지.

그게 현실에서는 어떻게 반영될지 두고 볼 일이다.

제일 좋은 것은 메인 퀘스트가 진행되지 않는 것이다.

이미 이상하게 변한 카르벤이 나타난 것은 어쩔 수 없는 일이지만 말이다.

신성은 스텟 포인트를 균등하게 투자하고 모든 스킬 포인트를 드래고니안에 쏟아부었다.

[드래고니안 스킬 랭크가 C-가 되었습니다.]
*전반적인 능력치가 모두 상승합니다.
*반룡화 현신 시간이 30% 증가합니다.

[스킬 랭크가 한계에 이르렀습니다.]
*C랭크 요구 조건 : 2차 각성을 통한 탈피

드래고니안 스킬을 보니 MAX로 표시되어 있었다. 2차 각성을 하지 않고서는 올릴 수 없었다. 신성은 2차 각성을 이루어낸다면 무언가 대단한 변화가 생길 것으로 예측했다.

[해츨링의 마지막 단계에 접어들었습니다.]
[알 수 없는 힘에 이끌립니다.]
[죽음의 땅에 이르러 성장 및 각성 퀘스트가 부여됩니다.]

[B] 2차 각성 퀘스트
비르딕이 죽음의 땅이 되었다. 생명을 탐하는 사악한 무리가 모습을 드러내고 있다.
어둠의 군세가 진격하여 모든 것을 쑥대밭으로 만들고 살아 있는 자들을 씹어 먹을 것이다. 잡것들 따위가 드래곤의 안락한 놀이터인 중간계를 파괴하게 둘 수 없다. 어둠을 지배할 수 있는 것은 드래곤뿐이다.
알 수 없는 힘으로 어둠을 지배하고 있는 자를 제거하자.
*보상
1. 2차 각성, 대량의 경험치

2. 던전 파견의 보석(제조법)

퀘스트가 생겨났다.

신성은 보상을 유심히 바라보았다.

첫 번째 보상은 이해가 되었지만 두 번째 보상은 전혀 어떤 것인지 감이 잡히지 않았다. 보상을 눌러보니 자세한 설명이 떠올랐다.

[C] 던전 파견의 보석(레전드)

소유하고 있는 던전을 필드, 혹은 마계라 불리는 곳에 배치할 수 있다. 필드에 배치할 경우에는 에픽 등급 이상이 되어야 하고, 마계에 배치할 경우에는 레전드 등급이어야 가능하다. 각 랭크, 등급에 따라 들어가는 재료가 다르다.

던전을 배치하게 되면 소유하고 있는 몬스터의 마력 분신을 입력하여 던전을 구성해 전투를 지시할 수 있다.

던전에서 적들이 죽을 경우 던전에 경험치가 쌓이고 아이템을 드롭하게 되는데, 습득한 경험치와 모든 물품은 드래곤 레어로 이동된다. 드래곤은 드래곤 레어나 던전을 성장시키거나 경험치 일부를 양도 받을 수 있다.

파견의 보석 세 개를 모아 대보석을 만들 수 있으며, 대보석으로 몬스터 웨이브를 일으킬 수 있다.

중간계를 침략한 마족들에게 역으로 던전을 배치하여 능욕해 주도록 하자. 함정을 설치하면 좋은 노예를 얻을 수 있을지도 모른다.

"……."

드래곤은 역시 얕볼 수 없는 종족이었다.

파견의 보석은 마족에게 당한 것을 역으로 갚아줄 수 있는 엄청난 보석이었다. 아르케디아 온라인에서조차 없는 아이템이다. 파견의 보석을 만들어낸다면 지금껏 방어 태세이던 상황이 반전되어 침략 전쟁을 시작할 수 있게 될 것이다.

지배의 힘을 가지고 있는 드래곤의 특성이 반영된 아이템으로 보였다.

'침략을 통해 마계의 아이템을 습득할 수 있겠어.'

마계의 아이템은 상당히 고가품이다. 특수 능력이 있는 대신 페널티가 붙는 특성이 있었는데 상황에 따라서 엄청난 힘을 부여해 주었다. 세이프리를 강하게 만드는 데 큰 힘이 되어줄 것이 분명했다.

'카르벤…….'

2차 각성을 하려면 마족 카르벤을 제거해야 한다. 가만히 놔둘 수는 없는 노릇이기에 공략하려 마음먹고 있었지만 이처럼 목표가 명확해지니 약간은 막막한 감이 들었다.

'일단 수정이와 정보국 요원들을 구하는 것이 우선이야. 다른 건 생각하지 말자.'

지금은 마족 카르벤을 쓰러뜨리는 것보다 구출에 최대한 집중해야 했다. 무리하게 비공정을 타고 온 이유가 바로 구출하기 위해서이다.

지금 자신의 레벨이라면 그 마족 카르벤을 일 대 일로도 충분히 상대할 수 있었지만 죽음의 땅에서의 마족 카르벤은 어떤 모습인지 모른다. 본 와이번이 출현한 것으로 봤을 때 아마 아르케디아 온라인에서보다 레벨이 높을 것 같았다.

'어둠의 군세라……. 그 와이번을 뜻하는 것 같지는 않은데.'

신성은 그 단어에서부터 강한 불길함을 느꼈다. 고개를 털어 잡념을 털어내고는 아래를 바라보았다. 절벽 한가운데에 박혀 있어 높이는 상당히 높았다. 마력 스킨이 박살 나고 반룡화 현신의 부작용으로 몸 상태가 정상이 아니었지만 이 정도 높이라면 빠르게 내려갈 수 있었다.

신성은 검을 뽑아 들고 그대로 뛰어내렸다.

그그극!

절벽에 검을 박아 넣자 스파크가 튀면서 속도가 점점 느려지기 시작했다.

쿠웅!

바닥에 착지하자 먼지구름이 일어났다.

신성은 검을 바라보았다. 벽에 박혀 있던 검이 완전히 박살 나 바닥에 떨어졌다. 그동안 수리를 해서 계속 썼지만 내구도가 상당히 떨어진 상태였기에 방금 그 전투를 견뎌내지 못한 것으로 보였다. 홍염도 검을 박살 내는 데 한몫했다.

'아깝네.'

정든 검을 떠나보내니 상당히 허전했다. 신성은 검 손잡이를 인벤토리에 넣고 주변을 바라보았다.

그랜드캐니언의 풍경은 검었다. 모래조차 검게 물들어 있어 석탄을 보는 것 같았다. 하늘 역시 햇빛이 좀처럼 투과하지 못해 상당히 어두웠다.

세상의 종말이 온 것 같은 분위기였다. 절벽 군데군데 검은 수정들이 돋아 있다. 필드 침식이 일어나며 생겨난 자원 아이템이다.

'우선 비공정을 찾아야겠어.'

비공정은 무사할 것으로 생각되었다. 에르소나와 엘프들, 그리고 마법사들이 어떻게든 해주었을 것 같았다. 고개를 들어 보니 얼마 떨어지지 않은 곳에 연기가 보였다.

비공정에서 솟아오른 연기로 추측되었다. 신성은 바로 그곳을 향해 이동하기 시작했다. 주위는 너무나 적막했다. 마치 공포 게임의 한가운데에 들어와 있는 것 같았다.

'다행히 비르딕과는 가깝군.'

검은 안개 때문에 시야가 가려져 잘 보이지 않았지만 맵으로 확인해 보니 비르딕과의 거리는 상당히 가까웠다. 귀족 별장은 외곽이라 부를 수 있는 곳에 있으니 중심까지 들어가지 않아도 되었다. 불행 중 다행이었다.

마력 스킨을 가동할 수 없고 드래곤 하트의 마력이 천천히 회복되고 있는 지금, 가급적이면 전투는 피하는 것이 좋았다.

신성은 비공정을 향해 달려가기 시작했다. 작은 바위들을 넘으며 가고 있을 때 정면에 서 있는 남자가 보였다.

'아르케디아인?'

그는 우두커니 서 있었는데 모험가 팔찌를 차고 있었다. 비르딕에서 빠져나온 생존자일 수도 있었다. 자세한 상황을 묻기 위해 그자에게 다가갔다.

가까이 다가간 순간 신성은 이상함을 느꼈다. 그의 갑옷이 녹슬어 있고 이가 빠진 검을 들고 있었다. 노출된 살은 마치 미라처럼 바싹 말라 있었다. 도저히 정상이라고는 보이지 않았다.

신성이 다가온 것을 알아차린 것인지 아르케디아인이 몸을 돌렸다.

신성의 인상이 구겨졌다. 그의 얼굴은 마치 해골을 보는 것처럼 살가죽만 있을 뿐이고 눈이 있던 자리에는 붉은 안광만이 보일 뿐이었다.

아르케디아인을 보는 순간 떠오른 단어가 있었다.

'언데드.'

죽음의 땅과 너무나 잘 어울리는 이름이다.

59Lv

[D+] 타락한 자(언데드)

비르딕을 뒤덮은 어두운 기운이 부도덕한, 의지가 약한, 또는 신앙이 없는 자들을 타락시켰다. 성향이 급격히 하락한 반동으로 그들의 육체는 바싹 말라 비틀어졌고, 산 자를 증오하는 언데드로서 재탄생되었다. 알 수 없는 어두운 기운이 타락한 자의 레벨을 대폭 상승시켰다.

본능으로 움직이는 그들은 생전에 습득한 스킬을 어느 정도 쓸 수 있다.

신성이 처음 접하는 몬스터였다. 당연했다. 저들은 처음부터 몬스터가 아니었기 때문이다. 아르케디아인이 타락한 결과물이다.

"키에에엑!"

타락한 자가 신성을 향해 달려들었다. 언데드치고는 상당히 날렵했다. 육체 스펙이 타락하기 전보다 더 상승했기 때문이다.

어두운 기운이 서려 있는 검을 피해내고는 바로 주먹을 내질렀다.

콰아앙!

화염이 폭발하며 타락한 자의 가슴에 커다란 구멍을 만들었다. 구멍에서부터 화염이 이글거리며 타들어갔지만 타락한 자는 계속해서 움직였다.

불길에 파묻히면서도 맹렬하게 움직이는 그 모습이 대단히 섬뜩했다.

신성은 손을 뻗어 타락한 자의 목을 잡았다.

언데드는 불과 신성력에 약했다. 신성은 신성력을 일으키며 그대로 타락한 자를 폭사시켰다.

콰아아아!

밝은 빛이 터져 나가며 그의 몸이 단번에 재가 되어 사라졌다. 화염보다는 신성력이 훨씬 잘 먹히고 있었다. 타락한 자가 사라진 곳에는 아이템이 드롭되어 있었다.

신성은 착잡해진 표정으로 그것을 들어 보았다.

CHAPTER 2

어둠의 군세Ⅲ

[D+] 어둠의 결정(재료)(레어)

타락한 언데드가 죽어 남긴 결정.

중급 마정석의 배에 달하는 마력을 품고 있어 희귀한 재료에 속한다. 가공을 통해 정제한 후 여러 가지 아이템을 만들 수 있다.

영혼석 대신 재료 아이템이 되어버렸다. 그들의 영혼은 이미 구제받을 수 없었다. 루나가 이 광경을 보았다면 분명 슬퍼했을 것이다.

신성은 좀 더 속도를 내어 비공정으로 향했다. 비르딕 밖에도 타락한 자와 같은 적이 있으니 비공정도 위험할 수 있었다.

신성의 눈에 비공정이 보이기 시작했다. 비공정의 마력 엔진에서는 검은 연기가 솟구치고 있었고, 여기저기 구멍이 뚫리고 찌그러져 있어 예전의 모습을 찾아볼 수 없었다.

비공정 주위에서는 전투가 한창이었다. 열 명이 넘어 보이는 타락한 자들이 맹렬히 공격하고 있었다.

타앗!

신성은 빠르게 달려 나갔다.

단검을 휘두르고 있는 엘프를 향해 타락한 자들이 달려들고 있었다. 모두 막아내는 것이 무리라 엘프가 고통에 대비하며 이를 악물 때였다.

잔상을 남기며 그곳에 신성이 당도했다. 신성은 멈추지 않고 오히려 더욱 힘을 주어 가속했다.

그의 몸이 타락한 자에게 꽂히는 순간,

콰앙!

타락한 자의 몸이 튕겨 나가더니 그대로 절벽에 부딪쳤다. 드래고니안의 폭발적인 근력은 언데드 따위가 감당할 수 없었다. 절벽에 검은 피를 남긴 채 곤죽이 되어버렸다.

신성은 거기서 멈추지 않고 주먹으로 달려오는 놈의 머리를 날려 버렸다. 신성력이 깃든 주먹에 닿는 순간 머리가 터져 나가며 그대로 사라져 버렸다.

콰득!

검을 휘둘러 오는 놈의 몸을 두 손을 뻗어 잡고는 그대로 양옆으로 찢어버렸다. 언데드는 이렇게 과격하게 처리하지 않으면 계속해서 덤비는 성가신 놈들이었다.

운용할 수 있는 신성력은 그리 많지 않았다. 반룡화 현신의 부작용 탓이다. 신성은 두근거리는 드래곤 하트를 진정시키며 한차례 몸을 풀었다.

"아……."

엘프가 멍한 눈으로 신성을 바라보았다. 드래곤의 매력은 쓸데없이 강력해서 상황과 장소를 가리지 않았다.

"상황은?"

"저, 전원 무사합니다만, 갑작스럽게 습격을 당했습니다."

신성은 고개를 끄덕이고 타락한 자들 가운데에서 검을 휘두르고 있는 에르소나에게 합류했다. 신성이 크게 주먹을 휘두르자 에르소나가 신성의 옆을 돌아나가며 놈들을 베었다. 신성과 에르소나가 춤을 추듯이 어울리며 타락한 자들을 학살하기 시작했다.

단 한 번도 합을 맞춰본 적 없지만 마치 한 몸처럼 움직이는 모습은 상당히 아름다웠다. 엘프와 드워프들이 지금의 상황을 잊고 멍하니 바라보고 있다.

순식간에 상황이 정리되었다. 신성은 모험가 팔찌를 바라보았다. 경험치는 상당히 많이 주는 편이었다. 동 렙 마석과 비교해도 세 배가 훌쩍 넘었다.

레벨 업 장소로 이만한 곳이 없겠지만 추천하고 싶은 장소는 아니었다.

"무사하셨군요."

검을 검집에 넣으며 에르소나가 가라앉은 목소리로 말했다.

"저들이 원래 무엇이었는지 알고 있어?"

"…아르케디아인으로 추측됩니다. 대형 길드의……."

"거기에 아르케디아의 주민들도 섞여 있군."

경비원이나 기사단으로 추측되는 자들도 있었다. 신성의 말에 에르소나가 고개를 끄덕였다.

"팔찌에 떠오른 정보에 따르면 이곳에서 조건에 만족하지 못하는 자들은 성향이 떨어진다고 했습니다."

"맞아. 성향이 급격히 떨어진 결과물인 것 같아."

"만약 비르딕의 병력들, 기사단이 타락했다면……."

비르딕의 기사단, 그 휘하의 병력은 세이프리의 인구보다도 그 숫자가 많았다. 그리고 모든 도시를 통틀어서 제일 인구가 많은 것이 바로 비르딕이었다. 그것이 만약 쏟아져 나온다면,

그랜드캐니언 밖으로 빠져나가게 된다면 어떻게 될까?

서울에서 일어난 몬스터 웨이브 따위와는 비교도 되지 않는 학살이 펼쳐질 것이다.

비르딕 안쪽의 상황이 예측되었다. 선 성향이 아니면 비르딕에 감돌고 있는 어둠의 기운을 이겨낼 수 없었다. 성향 타락을 막을 만한 신앙을 가지고 있어야 하는데 현재 지구에서 신은 루나와 신성밖에 없었다.

"가, 각하! 무사하셨군요! 저, 정말 다행입니다!"

지친 기색이 가득한 사르키오가 신성에게로 달려왔다.

"사르키오 국장님, 현재 비공정 상태는 어떻습니까?"

"마력 엔진이 모두 손상되었고 선체가 뒤틀려 있습니다만 주변에 광물이 풍부한 편이니 임시 공방을 꾸린다면 어떻게든 수리는 가능할 것 같습니다."

오래간만에 듣는 좋은 소식이었다.

"정면에서 떼를 지어 달려옵니다! 안개가 짙어 제대로 확인할 수 없습니다!"

엘프의 보고에 에르소나가 검을 잡았다.

모두가 전투태세를 갖추고 다가오는 이들을 향해 원거리 공격을 하려는 순간이다.

"잠깐!"

신성이 손을 들며 제지하자 원거리 공격을 하려던 엘프와 마법사들이 행동을 멈췄다. 에르소나는 의아한 눈으로 신성을 바라보다가 곧 왜 그런 명령을 내렸는지 깨달을 수 있었다.

"피난민?"

에르소나의 목소리가 울려 퍼졌다.

목에 구속구를 단 엘프들과 수인족, 그리고 누더기를 입고 있는 비르딕의 주민들이 필사적으로 도망쳐 나오고 있었다.

엘프들과 수인족은 노예로 보였다. 거의 알몸과 다름없는 상태였고, 그들 중에는 아르케디아인도 있었다. 상처를 입은 자들이 상당히 많았고, 휴먼족과 혼혈인 어린아이들도 포함되어 있었다.

대부분 선 성향, 그리고 루나를 믿는 자들이었다.

"꺄, 꺄악!"

"도, 도와주세요!"

의외의 광경에 모두가 대응하지 못하고 있을 때, 멀리 떨어져 있는 검은 안개로부터 붉은 안광들이 보이기 시작했다.

*　　　　*　　　　*

피난민의 숫자는 꽤 많았다. 삼십이 넘어 보였다. 그리고 그 뒤를 추격해 오는 자들의 숫자는 그보다 많았다. 계획을 세울 시간도 없이 전투에 들어갈 수밖에 없었다.

검은 안갯속의 붉은 안광들은 오로지 생명을 탐하려는 사악한 의지만이 가득했다.

이미 많은 사람들이 저 타락한 자들에게 뜯어 먹혔을 것이다. 신성은 깊은 숨을 내쉬었다. 뿜어져 나오는 입김이 유난히 차갑게 느껴졌다. 피난민의 마음속에 가득한 공포와 절망, 그리고 고통이 신성에게 무척이나 크게 다가왔다.

루나를 믿는 저들은 루나의 아이들이나 마찬가지였다.

"피난민을 비공정 쪽으로 유도해!"

신성이 외치자 신관들이 신성력을 터뜨리며 밝은 빛을 내었다. 루나의 힘이 담긴 따뜻한 빛을 보는 순간 피난민들이 비공정 쪽으로 달리기 시작했다.

신성은 자신의 양옆을 스쳐 지나가는 피난민들을 바라보다가 고개를 돌려 시선을 정면으로 옮겼다.

'몸 상태가 점점 좋아지고 있기는 하지만⋯⋯.'

해골 병사를 소환하는 방법은 많은 도움을 주겠지만 현재 드래곤 하트가 정상이 아니라 악신의 힘을 끌어낼 수 없었다.

신성의 옆에 에르소나가 다가와 섰다. 에르소나의 옆에는 엘프들이 섰고, 사르키오를 포함한 마법사들이 그 뒤에 자리했다. 드워프들도 커다란 방패를 들고 전선에 합류했다. 피난민 유도를 마친 신관들이 가장 뒤에 있었는데 그들의 표정은 굳어 있었다.

다가오는 어두운 기운이 느껴진 탓이다.

에르소나가 정면을 주시하며 입을 떼었다.

"조금 느낌이 다르군요."

"그래, 무작정 달려들지는 않는군."

검은 안갯속에서 이글거리는 붉은 안광으로 신성 쪽을 훑어보고 있었다.

"누군가 저들을 조종하는 자가 있는 것 같습니다."

에르소나의 말에 신성이 고개를 끄덕였다. 사냥개에 목줄을 채어놓은 것처럼 누군가 저 타락한 자들에게 명령을 내리고 있는 것 같았다.

땡! 땡!

검은 안개 가운데서 종소리가 울려 퍼졌다. 곧이어 검은 안개를 뚫고 등장한 것은 역겨울 정도로 살이 덕지덕지 붙어 있는 언데드였다. 고급 옷을 입고 있던 것으로 보였는데 살을 이기지 못하고 모두 뜯겨 나가 있었다.

70Lv

[D+] 타락한 귀족 고르논

막대한 부를 자랑하던 비르딕의 백작.

어둠이 그의 사악한 마음을 형상화했다. 이성이 어느 정도 남아 있어 사리 분별을 할 수 있다. 어둠으로부터 타락한 자들을 통제할 수 있는 힘을 받아 그들을 사냥개처럼 부리며 생명을 사냥하고 있다.

얼굴이 여기저기 뭉개져 있었지만, 신성은 그가 누군지 알고 있었다. 신성에게 귀족 별장을 담보로 준 바로 그 귀족이었다.

"온다."

타락한 귀족이 손에 들린 종을 들자 검은 안개에 가려져 있던 타락한 자들이 일제히 달려들기 시작했다. 미친 듯이 달려오는 광경은 상당한 압박감으로 다가올 테지만 신성은 전혀 그런 기분을 느끼지 않았다.

신성의 마력은 어느 정도 돌아와 있었다. 정상은 아니었지만 이 정도면 충분했다.

"지원보다는 비공정과 피난민 보호에 집중해!"

신성이 마법사와 신관들에게 그렇게 말하고는 앞으로 달려나갔다. 그러자 검을 든 에르소나와 엘프, 그리고 드워프들이 무기를 치켜들며 뒤를 따랐다.

콰앙!

미친 듯이 달려오는 타락한 자들과 충돌했다. 타락한 자들의 몸이 뒤로 튕겨 나가거나 두 조각이 났다. 신성의 파티원들은 대단히 강해져 있었다. 폭업이라 부를 수 있는 수준으로 레벨 업을 했기 때문에 타락한 자들 따위는 상대가 되지 않았다.

그러나 숫자가 문제였다.

신성은 자신의 몸에 달라붙는 놈들을 손으로 잡아 뜯었다. 신성을 지나치려는 놈을 손을 뻗어 잡은 다음 그대로 전력을 다해 바닥에 내리찍었다.

콰앙! 화르륵!

바닥에 부딪치는 순간 육체가 파편이 되어 휘날렸고, 그곳을 중심으로 화염이 몰아쳤다.

"키에에엑!"

"키엑!

화염에 휩쓸린 놈들이 다른 놈들에게 불길을 전염시켰다. 불길에 휩싸이며 몸이 녹아내리는 와중에도 미친 듯이 공격해 왔다.

"큭! 숫자가 너무 많습니다!"

"이런, 뒤로……!"

엘프들의 목소리가 들려왔다. 숫자가 너무 많아 비공정 쪽으로 달려 나가는 것을 막는 것은 어려웠다. 에르소나가 빠르게 추격하며 몇몇을 잡았지만 이미 상당수가 비공정 쪽에 이르러 있었다.

"홀리 베리어!"

신관들이 힘을 합쳐 비공정 주변에 보호막을 펼쳤다. 신성력이 흐르는 보호막을 두 손으로 마구 때리며 부수려 했지만 두 손이 녹아 사라질 뿐이었다. 그러나 타격이 꽤 있는 듯 신관의 얼굴이 좋지 않았다.

"준비되었습니다!"

"시전하도록 하지! 어스퀘이크!"

사르키오와 마법사들이 어스퀘이크를 시전하는 순간 바닥이 갈라지며 놈들이 땅에 묻혔다. 신성은 간간이 비공정 쪽을 바라보며 타락한 자들을 도륙했다.

신성이 움직일 때마다 홍염, 또는 신성력이 터져 나가며 주변에 폭풍이 몰아쳤다. 드래곤 하트가 삐걱거렸지만 지금은 그런 것을 생각할 때가 아니었다.

신성이 손을 휘두르자 붉은 화염이 뻗어 나가며 주변을 불태웠다. 신성의 뒤에서 나타난 에르소나가 정령이 깃든 검을 휘두르자 바람이 뿜어져 나가며 불길이 마치 화염 방사기처럼 뻗어갔다.

신성과 에르소나의 궁합은 최고라 불러도 무방했다.

"키에엑!"

"캐액!"

놈들의 숫자가 현저히 줄어들어 있었다.

신성이 상처 입은 파티원에게 손을 뻗으며 힐을 불어넣어

주었다. 부작용이 있었지만, 부상으로 죽는 것보다는 나을 것이다.

어깨 쪽에서 피를 흘리는 에르소나에게 힐을 주자 에르소나의 얼굴에 홍조가 떠올랐다.

"윽, 이건……."

"미안. 일단 버텨!"

에르소나는 심호흡을 하며 평정심을 유지하고 바로 전투에 들어갔다.

땡! 땡!

수세에 몰리자 타락한 귀족이 다급히 종을 치기 시작했다.

"병력을 모으고 있는 것 같습니다!"

"저놈은 내가 처리할게! 파티의 지휘를 맡아!"

에르소나의 말에 신성은 바로 달려 나갔다. 저 타락한 귀족이 대규모 병력을 부른다면 상황은 급격히 악화될 것이다.

타락한 귀족 주변에 있던 타락한 자들이 달려오는 신성을 막기 위해 달라붙었지만 신성은 속도를 줄이지 않았다.

"키에엑!"

타락한 귀족이 당황해하는 것이 보인다. 뒤로 도망가려 했지만 안타깝게도 그의 육중한 몸은 상당히 느렸다. 신성이 날카로운 눈으로 타락한 귀족을 바라보며 손을 뻗었다.

"홀리 베리어."

빛의 장막이 타락한 귀족을 가두어 버렸다.

"크아아악!"

신성력에 온몸이 타들어가기 시작했다. 신성은 타락한 귀족을 향해 달리며 계속해서 신성 마법을 쏟아부었다.

"힐, 힐, 힐."

힐이 들어갈 때마다 몸이 터지며 고깃덩어리가 되었다. 신성이 타락한 귀족의 지척에 도달한 순간 주먹을 쥐었다.

쾅! 퍼석!

놈의 얼굴에 신성의 주먹이 작렬했다. 화염이 터져 나가며 신성력과 함께 폭발했다. 타락한 귀족이 폭사당하자 주변에 있던 타락한 자들이 그 자리에 우뚝 섰다. 가까이 다가가면 미친 듯이 공격하지만 그렇지 않는다면 그저 인형처럼 서 있을 뿐이다.

[LEVEL UP!]

[70P UP!]

경험치는 무척이나 많았다. 하지만 그것이 장점으로 부각되지 않을 만큼 이곳은 기분이 나쁜 곳이었다. 신성이 바닥에 떨어져 있는 어두운 색의 보석을 줍는 순간이다.

[고위 암흑 사제의 제조법을 발견하였습니다.]

[악신의 권능이 발동하여 암흑 신전에 등록됩니다.]

[암흑 사제들이 각성 퀘스트를 통해 고위 암흑 사제로 진급할 수 있습니다.]

[C] 고위 암흑 사제(직업)

수준급 암흑 마법을 구사하며 죽은 자들을 다루는 힘을 지니고 있다. 암흑 신전에 수록된 제조법을 통해 해골 병사와 해골 마법사 같은 마물들을 제작할 수 있고, 그들을 수족으로 부릴 수 있다. 마물의 라이프 베슬을 제작하는 것에는 상당한 노력과 자본이 들어가지만 그들에게 강력한 힘이 되어줄 것이다.

악신의 권능이 상승하는 것이 느껴졌다. 신성은 왜인지 이 죽음의 땅이 자신을 위해 준비된 무대처럼 느껴졌다. 그것은 너무 터무니없는 생각 같았지만 왜인지 그렇게 느껴지고 있었다.

신성은 고개를 저으며 그런 생각을 지워 버렸다. 신성은 심장 부근을 움켜쥐며 숨을 내뱉고 있는 에르소나가 보이자 그녀에게 다가갔다.

"괜찮나?"

"히읏! 괘, 괜찮습니다."

에르소나는 전혀 괜찮지 않아 보였다. 낯선 감각에 무척이나 당황해하는 것 같았다. 차가운 표정이 깨져 있는 그녀는 상당히 신선했다.

　"하아, 어째서 엘프들의 결혼이 급증했는지 알 것 같습니다. 당신의 짓이 분명하군요. 덕분에 엘프의 인구가 증가할 것 같습니다."

　"그건 분명 좋은 일이지."

　남아 있는 놈들을 쉽게 정리한 신성은 비공정 쪽으로 다가갔다. 신관들과 마법사들이 지쳐 바닥에 주저앉아 있었다. 피난민들이 신성이 다가오자 신성 앞에 무릎을 꿇었다.

　"가, 감사합니다!"

　"신이시여!"

　"흐흑!"

　신성이 손짓하자 엘프들이 노예의 상징과도 같은 목걸이를 풀어주었다. 에르소나는 피난민들을 바라보며 깊은 생각에 빠졌다.

　"곤란하군요. 비공정의 수용 인원을 훨씬 넘습니다."

　"비공정을 활용해서 육로를 통해 빠져나가는 방법도 고려해야겠어."

　"어쩌면 그게 안전할지도 모르겠습니다."

　피난민 중에는 엘프의 비율이 가장 높았다. 에르소나는 자신의 사람들을 철저히 챙기는 타입이다. 그런 면만 본다면 지금의 신성과 비슷하다고 볼 수 있었다.

하늘에는 와이번 떼가 날아다니고 있으니 육로가 훨씬 나은 길일 수도 있었다. 죽음의 땅을 벗어나 안전지대에 이른다면 돌아갈 방법은 얼마든지 있었다.

'비르딕 안으로 접근하려면……'

귀족 별장에 가야 했다. 정면으로 들어가기에는 위험부담이 컸다. 비르딕의 상황을 정확히 모르고 있기 때문이다.

신성은 피난민 중에 있는 아르케디아인을 상대로 비르딕의 상황을 조사했다. 여성 엘프인 아르케디아인은 울먹이면서도 자세히 말해주었다.

황궁은 이미 무너지고 대부분의 사람이 타락하여 언데드가 되었다고 한다. 그리고 심상치 않은 움직임을 보인다고 하는데 자세한 것은 모른다고 말했다.

고르논 백작의 귀족 별장에 관해 묻자 그녀는 알고 있다는 듯 고개를 끄덕였다.

"그쪽 수로 청소를 제가 했어요. 텅 비어 있었는데… 아! 매, 맵핑 정도가 있어요. 비르딕에 숨어들어 갔을 때 해놓은 건데……"

그녀는 비르딕이 출현했을 때 모험을 위해 잠입했다가 잡혀 노예가 되었다고 한다.

비르딕은 철벽의 도시로 외부에서 침입할 수 없었지만 이곳은 아르케디아가 아니었다. 지구로 오면서 지하에 연결되어 있던 수로 같은 것들이 외부로 드러나게 된 것이다.

그녀는 반쯤 고장 난 모험가 팔찌를 품에서 꺼냈다. 간신히 숨겨서 가지고 있던 것으로 보였다. 모험가 팔찌는 정상 작동을 하지 않았지만 맵핑 정보를 불러올 수 있었다.

[맵핑 정보가 업데이트되었습니다.]
[새로운 길을 발견하였습니다.]

수로는 귀족들이 끌어 쓸 수 있게 중요 지역까지 연결되어 있었다. 귀족 별장의 위치와 무척이나 가까웠다.

계획은 빠르게 세워졌다.

신성은 신관들을 바라보며 물었다.

"임시 신전을 세울 수 있나?"

"네. 그러나 저희가 계속 붙어 있어야 합니다."

신성은 고개를 끄덕이고 신관들에게 임시 신전을 세우도록 지시했다. 임시 신전은 신전을 세우기 전에 세우는 것으로 신전보다 훨씬 능력이 떨어지지만 루나와 연결되어 루나의 가호를 받을 수 있었다. 가호가 적용된 지역에는 언데드가 쉽게 접근할 수 없을 것이다. 피난민 보호를 위해서는 필수적인 선택이었다.

부작용이 있기는 하지만 신성 마법은 신성 역시 쓸 수 있었다. 신관 역할을 할 수 있으니 큰 전투가 일어나지 않는 이상 괜찮을 것 같았다.

신성의 말을 들은 에르소나와 엘프들이 움찔하며 뒤로 물러났다.

"왜 그래?"

"…아무것도 아닙니다. 상처를 입지 않기를 바랄 뿐입니다."

비공정 수리를 위해 드워프와 마법사가 남아야 했다. 구출대는 신성과 사르키오, 그리고 에르소나와 엘프들로 구성되었다. 신성은 탱딜힐이 모두 가능한 만능 캐릭터였으니 조합 자체는 나쁘지 않은 편이다.

피난민들도 비공정 수리 작업을 돕기 시작했다. 노예 생활을 하며 작업에 관련된 스킬이 상당히 높아진 덕분에 꽤 도움이 되고 있었다.

"출발하자."

신성의 말이 떨어지자 에르소나가 고개를 끄덕였다.

신성은 맵핑 정보를 바탕으로 이동하기 시작했다.

엘프들은 은근슬쩍 에르소나의 주변에서 벗어나 신성의 옆에 서서 따라왔는데 그 모습을 사르키오가 훈훈한 미소를 지으며 바라보았다. 에르소나의 표정은 차가워졌지만 말이다.

에르소나는 신성의 뒷모습을 바라보며 생각에 잠겼다.

'위험한 남자야.'

여러 의미로 위험한 남자였다. 저자가 만약 엘브라스에 들어온다면 엘브라스에 큰 파란이 몰아칠 수 있었다.

그 정도로 저 남자의 매력은 엘프들에게 치명적이었다. 평온하지만 거칠게 휘몰아치는 기세는 자연 그 자체를 보는 것 같았다. 그리고 그에게서 느껴지는 마력은 너무나 커다랗고 순수해 기감에 민감한 엘프들에게는 상쾌한 숲처럼 느껴지고 있었다.

엘레나가 세이프리로 빨리 가고 싶어한 이유도 바로 저 남자 때문이었다. 엘레나가 에르소나에게 신성에 대해 계속해서 묻는 터라 그녀는 한동안 난감한 생활을 해야만 했다.

에르소나는 이런 상황임에도 불구하고 신성에게 말을 걸며 좋아하는 엘프들을 보니 골이 아파졌다. 평소의 엘프는 감정 기복이 적고 차분하며 이성적이었지만 애정이라는 감정에 눈을 뜨게 되면 상당히 적극적으로 변한다.

종족 번식을 위한 장치인지도 몰랐다.

"허허, 포기하시게. 저분의 매력은 이미 천계에 이르러 있으니 말일세."

"…그 정도입니까?"

"자네도 조심하는 게 좋을 게야. 방심하는 순간 한순간에 혹 갈 걸세."

사르키오는 그렇게 말하고는 에르소나를 스쳐 지나갔다. 에르소나는 경계의 눈빛을 지우지 않으며 앞서가는 신성을 뒤따랐다.

신성은 사르키오와 에르소나가 나눈 말을 들을 수 없을 정도로 집중하고 있었다. 루트를 정하는 일은 신중해야만 했다.

맵을 바라보며 수로와의 거리를 체크했다.

'저 바위산을 넘어가면 바로 나오는군.'

비르딕과 가까운 바위산이다. 비르딕보다 지대가 훨씬 높았는데, 비르딕의 풍경을 자세히 바라볼 수 있을 것 같았다. 절벽이었지만 이곳에 있는 모두가 손쉽게 오를 수 있는 능력을 지니고 있다.

모두가 바위산을 기어오르기 시작했다.

"앗!"

약해진 검은 돌이 무너져 내리며 엘프가 비틀거리자 신성이 손을 뻗어 잡아주었다.

"고, 고맙습니다."

"필드 침식 때문에 약해져 있는 상태이니 조심하도록."

"네, 알겠습니다!"

엘프는 왜인지 기쁜 듯이 웃으며 힘차게 대답했다. 신성이 다시 절벽을 오를 때였다.

[신성 랭크에 새로운 특성이 추가되었습니다.]
*탐욕의 신(악신)→탐욕과 함락의 신(악신)
*매력이 영구적으로 150 상승합니다.
*[A+] 함락신 칭호가 추가됩니다.

신성은 떠오른 정보창을 보며 잠시 눈을 깜빡였다.

'함락? 내가 뭘 무너뜨렸나?'

신성이 알고 있는 함락이라는 단어는 땅이 무너져 내려앉거나 진지 따위를 공격하여 무너뜨린다는 뜻이다. 최근의 일을 떠올려 봐도 딱히 생각나는 것이 없었다. 신성은 일단 신경을 끄고 다시 바위산을 올랐다.

가장 먼저 올라와 다른 이들이 올라오는 것을 도와주었다. 에르소나에게 손을 뻗자 에르소나가 신성의 손을 외면했다. 신성은 그런 태도에 피식 웃고는 고개를 설레설레 저었다.

'역시 까칠하네.'

당연한 모습이라 기분이 오히려 좋을 정도이다.

"맙소사!"

"저, 저건……."

"이럴 수가!"

비르딕의 풍경을 본 엘프들과 사르키오가 넋을 잃고 외쳤다. 신성과 에르소나의 표정이 심각해졌다. 가까이에서 본 비르딕은 이미 지옥 그 자체로 변해 있었다. 검은 촉수와도 같은 나무들이 치솟아 있고 기분 나쁜 진득한 검은 안개가 뿜어져 나오고 있었다.

그러나 그것은 이미 본 풍경이다. 경악으로 물들게 한 것은 따로 있었다.

"이건… 어찌해 볼 수 있는 수준이 아닌 것 같습니다."

"미쳤군."

에르소나와 신성의 말이다.

신성이 예측한 최악의 상황이 펼쳐져 있었다.

비공정에서 보았을 때 꿈틀거리던 것은 안개가 아니었다. 그것은 비르딕의 중앙으로 모이기 시작한 수많은 병력이었다. 비르딕의 병력이 모두 타락하여 언데드 군단이 되어버렸다.

어둠으로 물든 군단은 비르딕의 중앙에 모여 밖으로의 진격을 준비하고 있었다.

쿠오오오오오오!

"윽!"

"크윽!"

갑작스럽게 들리는 울부짖음에 신성을 제외한 모두가 비틀거리며 두 손으로 귀를 틀어막았다. 신성은 그 울부짖음이 들리는 순간 본능적으로 상대가 누군지를 직감했다.

콰아아앙!

아슬아슬하게 버티고 있던 중앙 황실이 무너지며 검은 안개를 뚫고 무언가가 튀어나왔다. 황실을 깔아뭉갠 그것은 크기가 무척이나 거대했다. 포식의 거미보다 클 정도였다.

Lv100

[C-] 본 드래곤(초대형)(보스)

누군가를 위해 준비한 선물.

포장을 뜯는다면 대단한 선물을 받을 수 있을 것이다.

알 수 없는 기운이 마족 카르벤을 재료로 써서 만들어낸 마물이다. 기운이 가지고 있는 특성 때문에 이 끔찍한 마물이 탄생하게 되었다. 본 드래곤은 생명체를 맹렬히 증오하며 그것들을 멸망시키는 데 모든 힘을 다할 것이다.

에르소나의 입이 벌어졌다. 파티원들의 표정은 그대로 굳어버렸다. 본 드래곤이 뼈로 이루어진 날개를 펴더니 거대한 입을 벌렸다.

콰가가가가!

어두운 기류가 뿜어져 나가며 반대편의 바위산에 작렬했다. 그러자 바로 필드 침식이 일어나며 녹아내리기 시작했다.

*　　　*　　　*

압도적인 본 드래곤의 모습에 파티원들은 모두 굳어버렸다. 커다란 바위산이 통째로 필드 침식당하는 모습은 가히 압도적이었다. 저것이 만약 도심의 한복판에서 일어난다면 피해가 얼마나 될지 계산조차 되지 않았다. 더군다나 일반인은 저 어둠의 기운에 대항할 수단이 없었다. 모두 타락하여 끔찍한 괴물이 되어버릴 가능성이 컸다.

생명체의 생피만을 갈구하는 그런 괴물로 말이다.

신성의 얼굴이 찌푸려졌다. 본 드래곤을 보는 순간 죽이고 싶은 혐오감에 휩싸였다. 자신의 존재 자체를 모욕하는 느낌에 절로 주먹이 떨렸다. 저 본 드래곤을 보고 있는 것만으로도 드래곤 하트가 요동쳤다. 루나를 모욕한 놈들을 도륙할 때보다는 아니지만, 그와 비슷한 감각이 전해져 왔다.

'진정하자.'

지금은 이성을 놓을 때가 아니었다.

신성이 내려가자고 말하려는 순간이다.

본 드래곤이 고개를 들어 신성이 있는 쪽을 바라보았다. 천천히 거대한 입이 벌어지더니 주변에 있는 어두운 기운을 빨아들이기 시작했다.

모두의 눈동자가 급격히 커졌다. 잠시 후 무슨 일이 일어날지 모두가 깨닫고 있었다.

"달려!"

신성의 말에 정신을 차린 모두가 빠르게 경사면을 따라 달렸다. 거의 절벽에 가까운 경사였지만 지금은 그런 것을 신경 쓸 여유가 없었다. 거의 떨어지다시피 미끄러져 내렸다.

경사의 끝에는 절벽에 펼쳐져 있었다. 절벽 밑에 노출된 수로가 보였지만 절벽은 상당히 높았다.

휘이이이!

바람이 일순간 멈췄다. 신성과 에르소나의 눈이 마주쳤다. 생각이 일치하는 순간이다.

"뛰어!"

"후우."

신성과 에르소나가 뛰어내리자 그 뒤로 엘프들이 뛰었다. 사르키오는 잠시 망설이다가 눈을 질끈 감더니 점프했다. 사르키오의 표정이 급격히 굳었다.

본 드래곤의 벌어진 입에서 어둠의 브레스가 뿜어져 나오며 방금 사르키오가 있던 자리에 작렬했기 때문이다.

콰가가가가가!

충격파가 휘몰아치며 절벽이 작살나기 시작했다. 그것이 끝이 아니었다. 본 드래곤은 신성과 파티원들을 모두 죽일 생각인 듯 브레스를 멈추지 않았다.

엘프들이 소환한 실프들이 바닥에서 생성되어 착지를 도와주었다. 바닥에 착지하자마자 바로 달려야 했다.

신성은 속도가 느린 사르키오를 둘러메고는 수로를 향해 달려 나가기 시작했다. 에르소나와 엘프들도 마찬가지였다. 뒤를 돌아보지 않으며 전력으로 달렸다.

콰가가!

그런 그들의 뒤로 직선으로 뻗어온 브레스가 쫓아오기 시작했다. 브레스에 닿은 땅은 그대로 녹아내리고 있었다.

뒤를 바라볼 여유 따위는 존재하지 않았다. 오로지 앞만 보고 뛰다가 수로가 보이자 그대로 몸을 날렸다.

"큭!"

"으윽!"

"꺄앗!"

서로의 몸이 얽히며 경사가 진 수로를 따라 굴러 내려갔다. 한참을 구른 뒤에야 멈춰 설 수 있었다.

'어떻게든 산 것 같군.'

본 드래곤도 브레스를 두 번이나 사용했으니 당분간은 브레스를 쏠 수 없을 것이다. 드래곤이라 부를 수 없을 정도로 격이 낮았기 때문에 그 정도의 브레스를 몇 번이고 남발할 수는 없었다.

신성은 자신의 위를 바라보았다. 엘프들과 에르소나가 겹쳐 있었다. 사르키오는 혼자만 저 멀리 튕겨져 나가 바닥에 얼굴을 파묻고 있었다.

신성과 눈이 마주친 에르소나가 깊게 한숨을 내쉬며 비켜 주었다. 엘프들은 얼굴을 붉히며 일어났다.

에르소나의 표정은 조금 지쳐 보였다. 그녀가 신성을 바라보며 입을 떼었다.

"오늘 하루는 처음부터 끝까지 재난이군요."

"액땜한 셈 치자고."

"그랬으면 좋겠습니다만… 곱게 끝날 것 같지는 않을 것 같습니다. 왜인지 클라이맥스가 남아 있을 것 같군요."

와이번 떼부터 시작하여 타락한 자들의 습격, 그리고 본 드래곤까지 그야말로 화려한 과정을 거치면서 비드릭으로 가는 수로에 진입할 수 있었다.

평범한 아르케디아인이었다면 최소 다섯 번은 죽었을 위기의 연속이었다. 황금 사막의 일도 있었으니 신성은 제법 익숙해져 있는 상태였지만 에르소나는 아니었다. 그녀는 체계적으로 계획을 세우고 밑에서부터 차근차근 이루어 나가는 타입이다. 그랬기에 이런 의외의 사태에는 익숙하지 않았다.

이건 변수가 작용했다기보다는 처음부터 끝까지 난장판이었다.

"끄, 끄응."

"괜찮으십니까?"

"방금 루나 님을 뵙고 온 듯한 기분이지만… 괜찮습니다. 허, 허허, 아직 죽을 때가 되지 않았나 봅니다."

"지금 돌아가시면 마도 공학 연구는 누가 합니까?"

"자, 잔인하시군요."

사르키오는 허리를 삐끗했는지 움직일 때마다 허리를 잡으며 신음을 흘렸다. 써클 마법 중에도 효과는 극히 떨어지지만 치유 주문이 있기에 사르키오는 스스로 치유를 하기 시작했다.

"이곳이 비르딕의 지하 수로군요. 맵 정보에 따르면 귀족 별장과 이어져 있을 겁니다."

"수로라고 보기에는 말랐군."

에르소나의 말에 신성이 말했다.

커다란 터널처럼 보이는 수로에는 본래 물이 가득 차 있어야 했지만 물기는 하나도 없었다. 비르딕에 저장되어 있던 물은 상당히 많았지만 아마 시간이 더 지났다면 물 부족에 시달렸을 것이다. 루나의 권능으로 물을 생성하는 세이프리와는 상황 자체가 달랐다.

"라이트!"

사르키오의 손에서 빛의 공이 떠오르며 주변을 밝혔다. 신성의 눈이 찌푸려졌다. 수로에는 시체가 가득했다. 모두 노예의 상징인 목걸이를 하고 있는 것으로 보아 이곳에 시체를 버린 것 같았다.

"비르딕은 그 화려함만큼이나 어둠 역시 가득한 도시였지요. 제가 마탑에 있던 시절에는 더 심했습니다. 휴먼족은 가장 강대한 세력을 일구었지만 혼돈에서 벗어나지는 못했습니다. 그들은 언제나 위대한 업적을 세운 만큼 미련한 짓을 저질러 왔지요."

사르키오가 조용히 말했다. 비르딕의 멸망은 어쩌면 정해진 일인지도 몰랐다. 본 드래곤이 아니었다고 하더라도 언젠가는 그들의 악행이 그들의 목을 조였을 것이다.

신성은 신성력을 일으키며 시체들을 향해 손을 뻗었다. 그들의 혼이 아직 여기에 남아 있다면 신성을 통해 루나에게 전달될 수 있을 것이다.

타앗!

신성력으로 이루어진 빛이 터져 나가며 시체에서 자그맣게 변한 영혼들이 떠올랐다. 모두 웃으며 신성의 주위를 돌다가 점차 흐려지더니 사라졌다. 에르소나와 엘프들이 놀란 눈으로 그 광경을 바라보았다. 사르키오는 신성과 루나의 관계를 알고 있었지만 에르소나와 엘프들은 아니었다.

"서두르자. 돌아가는 상황이 심상치 않아."

신성은 별말 없이 앞서가기 시작했다. 비르딕의 찬란한 문명 수준을 보여주듯 터널은 넓었다. 도저히 휴먼족의 손으로 만들었다고는 믿어지지 않을 정도로 정교했다.

비르딕을 감싸고 있는 어두운 기운이 점점 강해지는 것이 느껴졌다. 별장도 오래 버틸 수는 없을 것이다.

신성은 수로를 따라 빠르게 이동했다. 귀족 별장은 다행히 비르딕의 바깥쪽에 있었기에 그리 많이 이동할 필요는 없었다.

좁아진 통로에 들어온 신성은 위를 바라보았다.

불길한 바람 소리가 들려왔다. 맵을 바라보니 귀족 별장은 바로 이 위에 있었다. 신성이 엘프를 바라보자 엘프는 고개를 끄덕이고는 정령을 소환했다. 바람의 하급 정령인 실프였는데 상당히 귀여웠다. 신성과 눈이 마주치자 겁을 먹고 엘프 뒤에 숨었다.

엘프가 당황하며 실프를 달래고는 위로 올려 보냈다. 잠시 뒤 눈을 감고 있던 엘프가 입을 떼었다.

"언데드가 모여 있기는 하지만 충분히 별장으로 진입할 수 있을 것 같습니다."

엘프의 말에 신성은 고개를 끄덕였다. 별장을 감싸고 있는 루나의 신성력이 약해지고 있었다. 세이프리를 떠날 때부터 지금까지 루나는 한 번도 쉬지 않고 신전에서 집중하고 있었다. 어두운 기운에 대항하며 신성력을 보내는 일은 대단히 힘든 일이었다. 루나 정도의 신이 아니고서는 할 수 없는 일이었다.

생각할 것도 없이 신성은 먼저 수로를 따라 올라가기 시작했다. 앞을 막아서는 것들을 모두 부수며 저장 탱크를 지나 분수대를 박살 내며 밖으로 빠져나왔다.

비르딕은 암흑 천지였다. 마치 밤처럼 어두웠다. 공기가 숨을 제대로 쉴 수 없을 정도로 탁했기에 엘프들이 모두 숨을 몰아쉬며 힘겨워했다.

신성력이 느껴지는 곳을 바라보니 커다란 귀족 별장이 눈에 들어왔다. 별장이라 보기보다는 저택에 가까웠다. 그 주위에 녹슨 갑옷을 입고 있는 언데드들이 서성거리고 있었다.

"단번에 돌파해서 진입한다!"

언데드들이 중앙으로 몰려간 타이밍으로 보였다. 이 기회를 놓친다면 별장으로의 진입은 영영 불가능할 것이다. 신성이 달려 나가자 모두가 뒤를 따랐다

퍼석!

신성은 앞을 가로막는 언데드들을 모조리 박살 내며 달렸다. 마치 전차처럼 진격하며 언데드들과 몸을 부딪쳤다. 터져 나가는 쪽은 당연히 언데드였다. 마력 스킨이 없어도 신성의 내구는 마치 강철을 보는 것처럼 단단했다.

'마력이… 회복되고 있어.'

에르소나와 엘프들, 그리고 사르키오에게는 숨을 쉬기조차 힘든 공기였지만 신성은 다르게 느껴졌다. 그는 어두운 기운 속에 존재하는 순수한 마력을 느낄 수 있었다. 그것이 신성의 호흡할 때마다 빨려들어 오며 드래곤 하트에 쌓이기 시작했다. 드래곤 하트가 급격히 회복되고 있었다.

[강력한 드래곤의 마력이 발견되었습니다.]
[죽음의 땅에 감도는 알 수 없는 기운 속에서 드래곤 하트는 더욱 강력한 모습을 보일 것입니다.]
[드래곤의 피가 강해집니다. 용60 : 인40]

숨을 쉴수록 드래곤 하트의 회복이 빨라지더니 별장 앞에 이를 때쯤에는 드래곤 하트가 완전히 회복되었다.

그것에서 더 나아가 육체 능력이 상승한 것 같은 느낌을 받았다.

'이 기운은… 용신……'

카르벤이 본 드래곤이 되어버린 것도 용신과 관련 있는 것이 분명했다. 용신이 어떤 식으로든 지구에 영향을 미칠 수 있다면 그것은 무척이나 끔찍한 일이었다. 메인 퀘스트가 진행되는 것도 부담스러운데 용신마저 개입한다면 앞으로의 일을 예측할 수 없게 될 것이다.

'할 수 있는 일에 집중하자.'

신성은 일단 생각하는 것을 멈추고 별장 앞에 섰다.

루나가 유지하고 있는 보호막 안으로 들어오자 모두가 안심하며 숨을 골랐다. 신성은 별장의 문으로 다가가 문을 열었다.

휘이익!

단검이 신성에게 빠른 속도로 다가오다가 신성의 바로 앞에서 멈추었다.

"마스터……?"

김수정이 동그랗게 눈을 뜨고 신성을 바라보았다. 신성은 김수정이 무사하자 안도의 한숨을 내쉬었다. 놀란 눈으로 신성을 바라보던 김수정이 울먹이며 신성을 껴안았다. 그녀답지 않게 몸이 떨리고 있었다.

그녀의 감정이 영혼으로부터 전해져 왔다. 그녀가 겪은 모든 과정이 고스란히 신성에게 전해졌다.

에르소나와 엘프, 그리고 사르키오가 별장 안으로 들어왔다.

"숫자가……."

"많군."

에르소나와 사르키오의 말이다.

겨우 진정한 김수정이 얼굴을 붉히며 신성에게서 떨어졌다.

신성의 눈에 들어온 별장 안은 사람으로 빼곡하게 차 있었다. 정보국의 요원뿐만 아니라 이곳에 있던 노예들, 그리고 루나를 믿는 비르딕의 하층민들까지 있었다.

모두 합쳐 300명 가까이 되어 보였다.

"저들을 외면할 수 없었습니다."

김수정의 말에 신성은 고개를 끄덕였다.

루나를 믿고 있는 피난민들이 신성에게서 무언가를 느꼈는지 그를 바라보며 무릎을 꿇었다. 그것을 시작으로 피난민 모두가 무릎을 꿇으며 신성에게 머리를 숙였다.

신성을 중심으로 펼쳐진 광경은 너무나도 신성해 보였다. 신성이 일어나라고 손짓하자 그들은 조용히 몸을 일으켰다.

"마스터, 비르딕의 입구와 출구는 검은 나무들로 막혀 있는데 어떻게 오셨습니까?"

"지하 수로를 통해서 왔어. 수로가 넓으니 이 인원 모두 빠져나갈 수 있을 거야."

"다행입니다."

빠져나간 후가 문제였지만 어떻게든 전력으로 부딪친다면 방법이 나올 것 같기는 했다. 비공정이 수리된다면 여러 차례 오가며 안전한 곳으로 나르는 방법도 있었다.

"그럼 움직이자."

신성이 말을 내뱉은 순간이다.

둥둥!

바닥을 울리는 진동이 느껴졌다. 그것이 점점 가까이 다가오고 있었다. 모두가 긴장하며 소리에 집중했다. 어두운 그림자가 별장에 드리워지며 창문이 모두 가려졌다.

그그극! 터엉!

무언가 부서지는 소리와 함께 루나의 신성력이 사라졌다. 신성은 고개를 들어 별장의 천장을 바라보았다.

콰득! 콰가가가!

"으, 으아악!"

"꺄악!"

피난민들이 비명을 질러댔다. 천장을 잡아 뜯는 거대한 뼈의 손이 보였기 때문이다. 천장이 그대로 날려가며 무언가가 얼굴을 들이밀었다.

그것은 바로 본 드래곤이었다. 루나의 신성력이 약해지자 생명체의 냄새를 좇아 나타난 것이다.

"밖으로 나가!"

신성의 다급한 말이 떨어졌지만, 피난민들은 겁에 질려 움직일 생각을 하지 못했다.

"어서!"

신성이 마력을 담아 외치자 그제야 별장 밖으로 달렸다.

에르소나와 엘프들이 피난민을 수로로 인도했다.

본 드래곤은 움직이는 피난민을 보는 순간 사악한 살기를 내비쳤다.

쿠오오오오!

본 드래곤의 울부짖음이 비르딕 전체에 울려 퍼졌다.

[어둠의 군세가 살아 있는 모든 생명체에게 선전포고를 하였습니다.]

[어둠의 군세가 진격합니다. 그들은 중간계의 모든 생명이 사라질 때까지 멈추지 않을 것입니다.]

신성이 바닥에 주저앉아 있는 어린아이 두 명을 양쪽에 끼고 별장 밖으로 달려 나갔다.

콰아앙!

본 드래곤의 육중한 꼬리가 위에서 아래로 내려쳐지자 별장이 순식간에 무너졌다.

밖으로 나온 신성은 볼 수 있었다.

수만이 넘는 언데드 병력의 무리가 비르딕 밖으로 진격하고 있는 것을 말이다.

"이쪽으로 다, 달려옵니다!"

엘프의 비명과도 같은 외침이 들려왔다.

비르딕 밖으로 나가고 있던 언데드 중 일부가 피난민 쪽으로 맹렬히 달려오기 시작했다. 피난민의 속도는 상당히 느려 수로로 가기 전에 언데드에게 따라잡힐 것 같았다.

쿠웅!

뒤에서는 본 드래곤이 거대한 덩치를 자랑하며 서 있다. 언데드를 막더라도 본 드래곤에게 몰살당할 상황이다.

"사르키오 님!"

신성은 사르키오를 향해 어린아이들을 던졌다. 사르키오가 어린아이를 받아 들었다.

가지고 있는 모든 것을 쏟아부을 때였다.

드래곤 하트는 이미 완전히 회복되어 신의 능력을 사용할 수 있었다.

신성은 신성력을 전력으로 일으켰다. 빛의 기둥이 터져 나가자 달려오고 있던 언데드들이 움찔거렸다.

[마력 황금, 또는 마력 코인을 이용해 탐욕의 거미를 소환합니다.]

[소환할 장소가 탐욕의 거미에게 적합하지 않으므로 큰 비용이 소모됩니다.]

*적응 비용 : 50KC/S

초당 오억가량의 돈이 드래곤 레어의 창고에서 사라질 것이다. 모든 사태가 끝난 다음에 비르딕에 청구하고 싶었지만 과연 비르딕이 도시로 남아 있을지는 의문이다.

거대한 빛의 포탈이 생성되었다. 그 순간 하늘에서 빛무리가 내려오며 포탈에 깃들었다.

[루나의 도움으로 포탈이 생성되었습니다. 적응 비용이 하락합니다.]

*50KC→35KC

루나가 포탈을 유지하는 데 막대한 신성력을 빌려주고 있었다. 포탈에서 거대한 거미 한 마리가 모습을 드러냈다. 본 드래곤보다는 작았지만 그 위압감은 대단했다. 황금을 많이 먹어서인지 레벨은 60에 달해 있었다.

본 드래곤을 상대할 수는 없었지만 길을 뚫을 정도는 될 것이다.

탐욕의 거미는 신성한 힘을 품고 있었다.

주변에 몰려온 언데드들을 칼날 다리로 쳐내기 시작했다.

신성은 악신의 힘을 꺼내며 남아 있는 영혼력을 사용해 해골 병사들을 만든 다음 엘프들에게 붙여주었다. 엘프들은 깜짝 놀랐지만 해골 병사가 자신을 돕자 같이 언데드를 막기 시작했다.

"에르소나! 거미를 조종해 길을 뚫어!"

에르소나는 어떻게 돌아가는지 이해가 되지 않았다.

거미를 보자 사막에서의 일이 떠올랐지만 생각하는 것을 그만두고 신성의 말을 들었다.

에르소나가 거미에게 다가가자 거미가 자세를 낮추며 올라올 수 있게 해주었다.

거미가 진격하며 수로까지의 길을 뚫기 시작했다. 몰려온 언데드들이 칼날 다리에 잘려 나가며 사라졌다.

모든 피난민이 수로로 들어가자 사르키오가 신성을 바라보았다.

"각하! 어서……!"

신성의 뒤로 어둠이 내려앉았다. 본 드래곤이 붉은 안광을 빛내며 날개를 펼치고 있었다.

본 드래곤이 언데드들에게 명령을 내리고 있었다. 모든 생명체를 먹어치우라고 말이다. 그 의지가 충만한 마력을 타고 전해져 왔다.

하찮은 힘에 취해 자신이 진짜 드래곤이라도 되는 줄 아는 것 같았다.

명령을 내린 본 드래곤은 피난민들을 죽이기 위해 움직이려 했다. 신성이 손을 뻗어 신성력을 내뿜자 본 드래곤의 시선이 신성에게 고정되었다.

"먼저 가세요!"

"각하!"

"이놈이랑 면담 좀 해야겠어요. 비공정 쪽을 부탁합니다."

사르키오는 굳은 표정으로 고개를 끄덕이고는 수로로 사라졌다.

"에르소나! 수로를 무너뜨려!"

"하지만 당신은……!"

"적당히 상대하다가 날아가면 돼! 빨리 가!"

드래곤 하트의 상태가 워낙 좋아 반룡화 현신이 충분히 가능했다. 본 드래곤을 없애지는 못하더라도 상대하다가 빠져나올 수는 있을 것이다.

에르소나가 거미를 조종하여 수로 안으로 들어섰다. 언데드들이 들어오지 못하도록 수로를 무너뜨렸다.

[드래곤의 마력을 흡수하여 드래곤 하트의 능력이 향상되었습니다.]

*드래곤 하트의 랭크가 상승됩니다.

*드래곤 하트가 더욱 강해져 반룡화 현신 시간이 30% 늘어납니다.

신성은 고개를 돌려 본 드래곤과 눈을 맞추었다. 신성의 몸만 한 붉은 안광이 신성을 향했다.

"진짜 클라이맥스가 남아 있네."

신성의 황금 눈동자가 살기로 물들기 시작했다.

CHAPTER 3
진격 I

본 드래곤의 거대한 눈이 신성을 바라보았다. 본 드래곤은 오로지 신성에게 집중할 수밖에 없었다. 신성이 가지고 있는 강렬한 존재감은 생명을 탐하는 본 드래곤의 본능을 비틀 만큼 대단했다.

신성의 몸 상태는 최상이었다. 비르딕을 감싸고 있는 기운이 그에게 많은 힘이 되어주었다.

본 드래곤의 명령으로 어둠의 군세가 진격하고 있는 상황이다. 그들이 진격하는 방향을 보니 어디로 향하는지 대충 짐작이 되었다. 라스베이거스 방향이다. 언데드들의 진격 속도는 대단히 빨랐다. 지치지도 않고 달려 나가는 모습은 소름이 끼칠 정도였다.

거리가 상당했기에 시간이 꽤 걸리겠지만, 그들이 도착한다면 아마 지옥이 펼쳐질 것이다.

'마족 카르벤이 훨씬 쉽게 느껴지는군.'

그만큼 최악의 상황이었다. 본 드래곤은 절대 그 진격을 멈추게 하지 않을 것이다.

신성은 본 드래곤과의 면담이 상당히 거칠어질 것 같은 느낌이 들었다.

본 드래곤을 절대 도시로 보내면 안 된다.

언데드는 둘째 치더라도 본 드래곤이 도시로 향한다면 결과는 정해져 있었다.

본 드래곤을 잡지는 못하더라도 어떻게든 이곳에 붙들어 놓아야 했다.

두근두근!

드래곤 하트가 두근거리면서 막대한 마력이 몰아쳤다. 풍부한 드래곤의 마력 속에서 펼치는 반룡화 현신은 평소와 느낌이 달랐다. 자동차로 비유하자면 엔진이 바뀐 듯한 느낌이다.

지금 상황에서 신성력을 이용한 반룡화 현신이 가장 좋은 무기였지만 루나의 신성력을 빌릴 수는 없었다. 루나의 탑이 빛을 잃을 정도로 그녀는 무리했다. 여기서 신성이 신성력을 가져간다면 그녀의 영혼에 타격이 갈 수도 있었다.

그렇다면 가장 강력한 파괴력을 지닌 반룡화 현신을 꺼내면 될 것이다. 화염은 언데드들에게는 두 번째로 치명적인 속성이다.

붉은 화염이 휘몰아쳤다. 마그마로 이루어진 듯한 비늘이 신성의 몸에서 돋아나더니 신성의 몸이 점점 커지기 시작했다. 비르딕에 깔린 마력의 영향으로 평소보다 더 몸집이 커졌다. 이제는 3m를 넘어설 정도였다.

머리 위로 돋아나기 시작한 붉은 뿔에서 홍염이 넘실거렸다. 화염으로 이루어진 날개가 펼쳐지며 홍염룡이 모습을 드러냈다.

신성의 모습이 커지기는 했지만 본 드래곤 앞에서는 무척이나 작게 느껴질 정도였다. 그만큼 본 드래곤의 크기는 엄청났다. 그러나 크기에서 압도당하지는 않았다. 신성은 아르케디아 온라인 시절 저것보다 훨씬 커다란 용신과도 싸운 경험이 있다.

신성이 먼저 본 드래곤에게 달려들었다. 순식간에 본 드래곤의 얼굴 앞에 도착해 그대로 주먹으로 후려쳤다.

쿠웅!

본 드래곤의 고개가 돌아가며 비틀거렸다. 뼈와 마력으로 이루어져 있기에 내구력은 그리 좋은 편이 아니었다. 본 드래곤의 얼굴뼈에 금이 가며 불이 옮겨 붙었다.

본 드래곤이 크게 몸을 회전했다. 거대한 몸이 날렵하게 회전되더니 힘이 실린 꼬리가 신성을 향해 뻗어왔다. 날카롭게 돋아난 뼈들은 칼날보다도 날카로웠다. 주변의 모든 것이 파괴해 버리며 신성에게로 뻗어오고 있었다.

피하기에는 이미 늦었다. 신성은 마력을 최대한 끌어올리며 마력 스킨을 전개했다.

콰앙!

신성은 꼬리를 잡으려 했지만 그럴 수 없었다. 꼬리에 적중당하는 순간 그의 몸이 크게 튕겨 나갔기 때문이다.

여러 건물을 부수고 바닥에 박혀 들어갔다. 마력 스킨 덕분에 피해는 없었지만 본 드래곤이 지닌 대단한 힘을 느낄 수 있었다.

신성이 손을 휘젓자 불기둥이 치솟으며 잔해를 모조리 녹여 버렸다. 신성의 주변에 있던 모든 돌이 용암이 되어 흐르기 시작했다.

신성은 본 드래곤을 바라보았다. 지금까지의 몬스터는 반룡화 현신 앞에서 모두 죽어 나갔지만 본 드래곤은 달랐다.

본 드래곤은 뼈밖에 안 남은 날개를 펴더니 날아오르기 시작했다. 신성은 그것을 보자마자 본 드래곤을 향해 날아갔다.

휘이익!

공중전을 해본 덕분에 신성의 비행은 제법 안정되어 있었다. 홍염을 분사하며 계속해서 가속했다. 마치 제트기처럼 일자 궤적을 만들며 공중에 떠 있는 본 드래곤을 향해 뻗어갔다.

콰아앙!

본 드래곤의 몸과 신성의 몸이 부딪쳤다. 본 드래곤이 품고 있던 어두운 기운이 흔들렸고, 신성의 마력 스킨이 단번에 깨져 버렸다.

쿠오오오!

본 드래곤이 공중에서 비틀거리더니 그대로 신성과 아래로 떨어져 내렸다. 꽤 높은 고도까지 올라온 터라 체공 시간이 제법 길었다.

화르르륵!

신성의 주변에서 화염이 치솟으며 본 드래곤의 뼈를 녹였다. 본 드래곤이 거대한 입으로 신성의 몸을 물어버렸다.

퍼석!

"크윽!"

비늘이 박살 나며 붉은 화염이 튀었다. 신성은 본 드래곤과 함께 그대로 추락하여 무너져 버린 중앙 황궁에 처박혔다.

콰아아앙!

그나마 남아 있던 궁전들이 부서지며 먼지가 솟구쳤다.

아찔한 충격이 엄습했다. 이 정도의 고통을 느끼는 것은 상당히 오래간만이다. 그 고통이 오히려 신성의 정신을 더욱 날카롭게 만들었다.

본 드래곤과 함께 바닥을 뚫고 아래로 떨어졌다. 신성은 떨어지는 와중에도 본 드래곤의 얼굴에 주먹을 쑤셔 박았다. 화염이 본 드래곤의 얼굴을 녹이고 있었다.

휘익!

본 드래곤이 고개를 옆으로 획 돌리는 순간, 신성의 몸이 튀어나가 그대로 벽에 부딪쳤다. 벽에 박혀 있던 신성은 몸을 일으켰다. 벽이 녹아내리며 용암이 되었다. 본 드래곤 역시 육중한 몸을 일으키며 붉은 안광을 뿜어냈다.

'이곳은……'

본 드래곤의 몸에 가득 묻어 있던 금화들이 본 드래곤의 뼈 사이로 흘러내렸다. 신성의 주위에는 녹아버린 금화가 흐르고 있었다.

이곳이 어디인지 신성은 알아챌 수 있었다. 이곳은 막대한 부를 자랑하던 비르딕의 보물 창고였다.

비르딕의 온갖 보물이 모아져 있는 곳답게 무척이나 크고 금화와 보석, 그리고 값비싼 장식물이 가득했다. 눈이 돌아갈 만한 보물들이었지만 본 드래곤에게는 돌멩이와 다를 바 없었다.

본 드래곤이 금화를 가르며 신성에게 돌격해 왔다. 거대한 몸이 화려한 기둥과 벽을 부수었고, 금화를 사방으로 뿌려지게 만들었다.

세상에서 가장 호화스러운 돌진이다.

신성은 주먹을 움켜쥐었다. 그러자 화염이 주변으로 터져 나갔다. 신성의 주변에는 황금의 강이 흐르고 있었다. 본 드래곤은 그것을 가르며 신성의 앞에 당도했다.

신성의 주먹과 본 드래곤의 머리가 부딪치는 순간 충격파가 뿜어져 나오며 주변의 벽을 무너뜨렸다. 신성이 쭉 밀려 나가며 벽을 뚫어버렸다.

신성과 본 드래곤의 싸움은 치열했다. 신성은 화염 마법과 격투술, 그리고 뿔까지 이용해 본 드래곤과 싸워 나갔다. 심지어는 본 드래곤의 뼈를 물어뜯기까지 했다.

좁은 장소에서는 신성이 훨씬 유리했다. 본 드래곤의 커다란 덩치는 전투에 방해가 되었고 신성에게는 좋은 기회가 되었다.

신성과 본 드래곤은 호각에 가까운 싸움을 벌이고 있었지만 스펙만 따지고 본다면 본 드래곤이 높았다.

'시간이 부족해.'

반룡화 현신의 시간이 늘어났다고는 하나 대단히 부족하게 느껴졌다. 벌써부터 비늘이 떨어져 나가고 있는 것이 보였다.

반룡화 현신 상태로 본 드래곤과 싸울 수 있는 것이지 평소 상태라면 힘들 것이 분명했다.

쿠오오오오!

본 드래곤이 좁은 주변이 답답했는지 울부짖으며 난동을 피우기 시작했다. 그럴 때마다 주변이 무너져 내렸다. 보물 창고에 있던 보물들이 뚫린 바닥을 따라 흘러내려 가기 시작했다.

금화의 산과 드래곤.

너무나 잘 어울리는 광경이다. 자신이 그 속에 없었다면 손뼉이라도 치면서 감탄했을 것이다.

'놈의 마력이 약해졌어. 약점이 보일 거야.'

신성은 본 드래곤의 공격을 피하며 본 드래곤을 드래곤 아이로 바라보았다. 본 드래곤을 감싸고 있던 어둠이 옅어진 덕분에 본 드래곤의 약점이 보이기 시작했다.

본 드래곤의 가슴 부근에 있는 강력한 마력이 보였다. 본능적으로 저것이 마족 카르벤을 잡아먹고 본 드래곤을 만들었음을 깨달았다.

'저걸 부순다면……!'

저곳이 약점이었다. 잘하면 놈을 이곳에 붙잡아두는 것이 아니라 아예 잡을 수도 있을 것 같았다.

그러나 워낙 본 드래곤의 움직임이 거칠고 빨라 그곳을 제대로 노릴 수 없었다.

틈을 만들어야 했다. 신성이 본 드래곤보다 유리한 것이 하나 있었다.

바로 브레스였다.

브레스는 신성에게도 부담이 큰 공격이다. 브레스를 쓴다면 마력이 고갈될 것이고 반룡화 현신도 불안정해질 것이다. 하지만 제대로 작렬한다면 본 드래곤에게 심각한 피해를 줄 수 있을 것이다. 그 틈을 노려 약점을 박살 내면 되었다.

본 드래곤이 전장을 옮길 생각인지 커다랗게 뚫린 천장을 통해 다시 날아오르기 시작했다.

'지금……!'

신성은 그 순간 호흡을 들이마셨다. 주변에 있는 모든 불길이 신성에게로 빨려들어 왔다. 빠른 속도로 하늘 위로 치솟는 본 드래곤을 바라보며 브레스를 내뿜었다.

콰가가가가가!

빔처럼 직선으로 뻗어간 브레스를 본 드래곤이 몸을 비틀며 피해냈다. 하지만 그것이 끝이 아니었다. 몸을 아슬아슬하게 스치며 화염이 잦아드는 순간, 거대한 폭발이 일어났다. 곧이어 나타난 화염의 폭풍이 본 드래곤을 끌어당기기 시작했다. 본 드래곤은 그 폭풍의 영향을 받아 제대로 날지 못했다.

최고의 기회였다.

신성은 뒤로 손을 뻗어 거대한 황금 기둥을 양손으로 잡았다.

드드득!

황금 기둥이 뽑혀 신성의 두 손에 들렸다. 마력 황금으로 만들어진 황금 기둥은 신성의 마력을 받아내자 뜨겁게 달구어진 불기둥이 되었다.

타오르는 홍염이 모조리 불기둥에 집중되고 있었다.

거대한 황금 기둥을 든 채로 공중에 묶여 있는 본 드래곤을 향해 날아갔다.

본 드래곤의 가슴을 노리고 모든 마력을 뿜어내며 가속했다. 본 드래곤이 중심을 잃은 지금이 최고의 기회였다.

가슴에 도착한 신성이 그대로 뼈 사이에 기둥을 찔러 넣었다.

크오오오오!

뼈 안에 있는 약점에 황금 기둥이 박혔다. 본 드래곤은 고통에 울부짖으며 공중에서 마구 회전했다. 신성은 가슴에 꽂혀 있는 기둥에 매달린 채로 본 드래곤과 같이 돌았다.

공격에 성공했지만 본 드래곤을 처치하기에는 대미지가 부족했다. 반룡화 현신이 풀리는 타이밍이라 공격 랭크가 부족한 탓이다.

"크윽!"

본 드래곤이 기둥에 매달려 있는 신성을 입으로 물었다. 고개를 털어내듯 돌리며 입이 벌어지자 신성의 몸이 공중으로 튕겨 올랐다.

휘이이익!

신성이 정신을 차린 순간 이미 거대한 꼬리가 자신의 앞까지 다가와 있었다.

'미친……!'

꼬리가 신성의 몸을 후려쳤다. 본 드래곤의 전력이 담긴 공격이다. 꼬리에 맞는 순간 비늘이 박살 나며 엄청난 속도로 튕겨 나갔다.

비르딕에 솟아 있는 검은 나무들에 부딪치자 검은 나무들이 터져 나가며 쓰러졌다. 신성의 몸은 거기서 멈추지 않고 더욱 뻗어가 비르딕 바깥까지 이르렀다.

콰앙!

바위산의 끝에 걸리며 신성의 몸이 공중에서 굴렀다. 신성은 간신히 두 손을 뻗어 바위를 잡았다. 바위에 손톱 모양이 새겨지며 밀려나다가 절벽의 끝에서 멈춰 설 수 있었다.

온몸에 비늘이 전부 떨어지고 반룡화 현신이 풀렸다.

골이 울리며 아찔한 통증이 느껴졌다.

신성은 이를 악물고 비르딕 쪽을 바라보았다. 본 드래곤을 찾기 위해서이다.

본 드래곤은 공중에서 울부짖더니 비르딕을 빠져나와 언데드 군단이 진격하고 있는 곳으로 날아갔다. 가슴에 거대한 황금 기둥을 박은 상태라 그런지 중심이 흔들리고 있었다. 타격이 꽤 큰지 비행 속도는 빠르지 않았다.

본 드래곤의 울부짖음에서 공포가 느껴졌다.

본 드래곤은 신성에게 겁을 먹고 있었다. 그리고 신성에게 복수를 하기 위해 대량의 먹잇감을 찾아 날아갔다. 예전에 고블린이 그런 것처럼 인간을 먹으며 레벨 업을 하기 위한 것으로 보였다.

아르케디아 온라인에서는 레벨에 상관없이 몬스터가 NPC나 주민들을 먹어치우게 되면 일정한 경험치를 받았다. 지구인에게도 통용되는 것은 이미 고블린 사태 때 겪은 일이다.

신성은 본 드래곤의 울부짖음을 듣는 순간 본 드래곤의 의지를 읽을 수 있었다.

"미치겠군."

아래에는 수만을 훌쩍 넘는 언데드 대군이 진격하고 있었고, 하늘에는 본 드래곤이 날아가고 있었다. 본 드래곤이 비르딕을 떠나자 비르딕에 감돌던 어두운 기운이 사라지기 시작했다. 검은 나무들만이 가득한 황폐해진 비르딕의 모습이 드러났다.

신성은 뻐근한 몸을 이끌고 비공정 쪽으로 향했다. 본 드래곤의 공격 때문에 여기저기 상처가 났지만 빠르게 아물고 있었다. 굳이 부작용이 있는 힐을 쓸 필요는 없었다.

부러진 팔과 갈비뼈조차 이미 회복된 상태였다. 다만 반룡화 현신의 부작용이 남아 있을 뿐이다.

신성을 강하게 만들어주던 드래곤의 마력이 없는 이상 회복할 수단은 없었다. 현재로서는 본 드래곤을 추적할 방도가 없는 것이다. 일단 본 드래곤의 속도가 와이번보다 훨씬 느리다는 것을 위안으로 삼아야 했다.

신성은 지도를 펼치고 이동 중인 에르소나 쪽을 살펴보았다. 파티원은 지도에 표시되기에 쉽게 에르소나의 위치를 찾을 수 있었다.

잘 빠져나왔는지 비공정 쪽으로 향하고 있었다. 비공정이 있는 쪽은 다행히 언데드들의 진격 방향에서는 벗어나 있었다.

신성은 에르소나 쪽으로 향했다. 얼마를 달리자 파티원들과 김수정, 그리고 정보국 요원들을 발견할 수 있었다.

피난민들을 이끌고 주변을 경계하면서 비공정 쪽으로 이동하고 있었다. 에르소나 역시 언데드 군단의 진격 방향이 비공정 쪽과 거리가 있음을 알고 있는 모양이다.

신성이 바위산의 경사면을 따라 미끄러져 내려오며 에르소나 쪽에 착지했다.

주변을 경계하고 있던 에르소나는 신성의 모습이 보이자 표정이 조금 바뀌었다. 어떤 생각인지 모를 정도로 표정 변화는 미묘했다.

엘프들의 표정은 눈에 띄게 밝아졌다. 사르키오 역시 마찬가지였다.

"각하! 무, 무사하셨군요!"

사르키오가 울먹이며 다가왔다. 고급스럽던 그의 로브는 여기저기 찢겨져 있고 먼지가 가득 묻어 있었다. 단정하던 머리는 산발이 되었다.

신성의 모습 역시 엉망이기는 마찬가지였다.

김수정이 신성에게 달려왔다. 신성의 모습을 보고는 안도의 한숨을 내쉬었다.

"무사하셔서 정말 다행입니다."

신성은 작게 웃으며 고개를 끄덕여 줄 뿐이다.

에르소나가 신성을 바라보았다.

"본 드래곤이 날아가더군요. 언데드가 향하는 방향과 일치합니다."

"인간들의 도시로 향하고 있어."

"매우… 심각한 상황이군요."

에르소나는 상황이 최악을 향해 달려가고 있음을 알아차

렸다.

본 드래곤과 언데드 군단.

이미 재앙은 시작되었다.

*　　　*　　　*

신성은 피난민을 이끌고 비공정에 도착했다.

중간에 남아 있는 언데드들이 덤벼들었지만 어렵지 않게 처리할 수 있었다. 언데드의 대부분이 모두 도시를 향해 진격하고 있어서 가는 길은 안전한 편이었다. 그것은 기분이 좋은 일이 아니었다. 그들이 뚜렷한 목표를 가지고 진격하고 있음을 나타내었기 때문이다.

신성은 오자마자 사르키오와 함께 비공정의 상태를 살폈다. 드워프들이 열심히 고치고 있기는 하지만 아직 비행할 수 있을 정도는 아니었다.

'비공정의 속도라면 본 드래곤을 따라잡을 수 있을 거야.'

어떻게든 본 드래곤이 도시에 도착하는 것을 막아야 했다. 대량 학살이 일어날 뿐만 아니라 언데드의 숫자가 급격히 늘어날 것이고, 그것이 계속 쌓이다 보면 결국 세이프리까지 위험했다. 현재 본 드래곤에게 닿기 위해서는 비공정을 이용하는 방법밖에 없었다.

신성은 팔찌에 떠오른 메시지를 바라보았다. 비르딕에 감돌던 기운이 사라지며 마력 통신이 가능해졌기에 메시지를 수신할 수 있었다.

김갑진이 보낸 메시지였는데 대도시에서 아르케디아인을 포함한 병력이 각 나라 정부의 협조를 받아 이쪽으로 오고 있다고 한다. 어떤 식으로 보냈는지는 모르지만 미국에 닥친 상황을 봤을 때 정상적인 루트는 아닐 것이다.

언데드 군단을 막기에는 부족했지만 어떻게든 본 드래곤만 처리할 수 있다면 충분히 승산이 있었다. 언데드를 조종하고 있는 것이 본 드래곤이다.

신성은 직접 장비를 들고 비공정을 고치기 시작했다. 김수정과 파티원들이 모두 한마음이 되어 신성을 도왔다.

시간은 계속해서 지나갔다. 비공정 주변에 차려진 임시 공방에서는 망치질 소리가 가득했다. 초조했지만 다른 방법이 없었기에 비공정을 고치는 데 최선을 다하는 수밖에 없었다.

두드, 두드.

마력 엔진에 마력을 흘려 넣자 마력 엔진이 들썩이기 시작했다. 모두가 간절한 마음을 담아 마력 엔진을 바라보았다.

두드, 드드드드드드!

마음이 통했기 때문일까?

마력 엔진에서 푸른빛이 감돌며 드디어 마력 엔진에 시동이 걸렸다.

"됐다!"

"걸렸어!"

드워프들이 두 손을 들며 환호했다.

신성 역시 주먹을 불끈 쥐었다.

마력 엔진이 들어오기는 했나 비공정의 상태는 엉망이었다. 여기저기 임시방편으로 철판을 대놓은 것이 전부였다.

신성은 에르소나와 김수정을 바라보았다. 둘은 조금 거리를 두고 있었는데 엘프와는 어울리지 않은 곡괭이를 들고 있었다. 손이 하나라도 부족한 지금 비공정 수리를 위해 자원을 채취했기 때문이다.

많은 이야기가 오가지는 않았지만 둘 사이는 그래도 조금은 좋아진 것 같았다. 에르소나가 자신을 구하는 데 협조한 것이 김수정의 입장에서는 대단히 의외였기 때문에 조금 마음이 열린 것 같았다.

그러나 아직도 감정의 골이 꽤 깊은지 어색하기만 했다.

"에르소나, 파티의 지휘를 부탁해."

CHAPTER 4

진격II

"당신은 어쩌실 생각입니까?"

"2차 면담을 하러 가야지."

"피난민을 안전한 지역까지 옮긴 후 언데드를 추격하겠습니다."

신성은 고개를 끄덕였다. 김수정이 신성을 바라보았다. 신성과 함께하고 싶어했지만 현재 그녀의 레벨로는 신성을 도와주기 힘들었다.

신성은 바로 비공정에 올랐다. 안정적인 비행을 위해서는 보조 수정구를 봐줄 사람이 필요했지만 지금은 안정적인 비행 따위는 필요치 않았다. 착륙 역시 고려 대상이 아니었다.

본 드래곤에게 닿는 것이 유일한 목표였다.

"각하, 아직 안정된 비행을 할 수 있는 상태가 아닙니다."

"속도만 나오면 됩니다!"

사르키오의 말에 신성이 외쳤다. 사르키오는 신성을 걱정하는 기색이 가득했지만 신성을 말릴 수는 없었다. 그도 상황이 얼마나 심각한지 모두 알고 있기 때문이다.

신성은 수정구에 마력을 불어넣었다. 치지직거리며 정보창이 떠올라 현재 비공정의 상태를 보여주었다. 두 개의 마력 엔진 모두 빨간 불이 들어와 있었다.

'집 떠나면 개고생이라더니……'

신성은 피식 웃었다. 고생도 이런 지랄 같은 고생은 없을 것이다. 몇 번이고 죽을 뻔했지만 또 비슷한 짓을 하고 있었다.

루나가 보고 싶었다.

'응?'

신성은 자신의 소매를 바라보았다. 그곳에 반쯤 녹아 있는 금화가 붙어 있었다. 루나를 떠올린 순간 금을 얻게 되니 절로 웃음이 나왔다.

금화를 창문 앞에 올려놓았다.

왠지 운이 좋을 것 같은 생각이 들었다.

신성은 마력 엔진의 출력을 높였다. 비공정이 들썩이며 부품들이 떨어져 나가는 소리가 울려 퍼졌다. 비공정이 천천히 날아오르기 시작했다. 내부에 있는 철판을 모조리 떼어낸 덕분에 비공정은 대단히 가벼웠다. 마력 엔진의 출력이 약해진 상태였지만 빠르게 떠오를 수 있었다.

"가자!"

습관처럼 내뱉은 말에 비공정이 공중을 가르며 날아올랐다.

본 드래곤 주변에 닿기만 한다면 어떻게든 드래곤 하트를 회복시킬 수 있을 것이다. 본 드래곤이 내뿜는 어두운 기운 속 드래곤 마력이 그것을 가능하게 만들었다.

[항로를 설정하시겠습니까?]

창과 함께 지도가 떠올랐다. 신성은 본 드래곤이 향하는 곳을 알고 있었다.

[도착지 : 지구의 도시 라스베이거스.]

본 드래곤을 뒤쫓기 시작했다.

그 빌어먹을 포장을 뜯어버릴 차례였다.

*　　　　*　　　　*

　신전에서 거친 숨을 몰아쉰 루나는 간신히 몸을 일으켰다. 생각보다 신성력 소모가 많아 피로가 쌓인 상태였다. 그러나 루나는 쉴 수 없었다. 신성이 어떤 상황을 맞이하고 있는지 그녀는 느낄 수 있었다.

　루나는 사막에서의 일도 조마조마한 마음으로 지켜보았다. 신성이 본 드래곤과 격렬한 전투를 벌일 때도 그러했다. 루나는 그때만큼은 세이프리에 있는 것이 한스럽게 느껴졌다.

　'도와줄 방법이 없을까?'

　그녀는 간절한 마음이 되었다. 적어도 언데드들의 진격을 저지할 수만 있다면 신성에게 가는 부담이 적을 것 같았다. 그녀가 그런 생각을 할 때 창이 떠올랐다.

[사막으로부터 기도가 도착했습니다.]

"거미! 도와줬다! 우리도 돕는다!"

[탐욕의 사막 오크가 탐욕의 거미처럼 탐욕과 함락의 신을 돕고 싶어합니다.]

루나는 신성의 반려신이었고, 모든 권한을 넘겨받아 신으로서의 업무를 돕고 있었다. 그래서 신성에게 닿는 기도도 루나가 해결해 주곤 했다.

탐욕의 사막 오크는 무섭게 발전하여 도시를 형성하고 있었다. 번식이 빨랐기에 인구도 세이프리를 넘어선 지 오래였고, 주변 지역을 정복하며 미친 듯이 레벨 업을 하고 있었다.

사막의 중심에 대신전이 방금 막 완성된 시점이다.

[탐욕의 사막 오크들이 탐욕의 대신전을 완공하였습니다.]

*사막이 통일되었습니다.

*사막, 그리고 사막 주변의 몬스터들이 탐욕과 함락의 신을 믿기 시작합니다.

대신전은 세이프리의 루나교 신전보다 훨씬 컸다. 그리고 웅장하고 화려했다.

'대신전의 힘을 이용한다면……'

현재 세이프리와 사막은 이어져 있는 상태였다. 그랬기에 드래곤 레어로 제물들을 받을 수 있던 것이다.

신전의 힘이 미약했기에 포탈 생성은 어려웠지만 대신전이라면 이야기가 달라진다. 대신전이라면 포탈을 만들 만큼의 신성력을 감당할 수 있었다. 하지만 탐욕의 신 특성상 많은 신앙심이 필요했다. 그리고 포탈을 안정적으로 열어줄 매개체가 필요했다. 게다가 세이프리에서 비르딕까지의 거리는 대단히 멀었으니 포탈을 연다고 해도 당장 도와주기는 힘들었다.

아무리 생각해 봐도 불가능한 일이었다.

루나는 신성을 더 도울 수 없다는 사실에 우울함을 느꼈다.

"루나 님, 괜찮으십니까?"

김갑진이 바닥에 주저앉아 정보창을 보고 있는 루나에게 달려왔다. 루나는 살짝 물기가 감도는 눈으로 김갑진을 바라보았다.

"방법이 없을까요?"

"무슨 말씀이신지요."

루나가 생각하고 있는 바를 말하자 김갑진은 루나 옆에 같이 주저앉아 고민하기 시작했다.

김수정의 메시지를 통해 신성이 본 드래곤에게 향했다는 것은 김갑진도 알고 있었다. 아르케디아인들도 라스베이거스 근처에 도착하겠지만 시간이 부족했다. 김갑진은 마음속으로 라스베이거스를 반쯤은 포기하고 있었다.

그러나 루나가 생각한 것이 실행된다면 라스베이거스를 지킬 수 있을지도 몰랐다. 언데드 군단이 더욱 늘어나는 것을 막을 수 있는 것이다.

'자금, 그리고 안정성이 문제로군. 그리고 포탈을 연다고 해도 거리가 워낙 머니……'

세이프리의 재정으로는 부족했다. 안정성 역시 확보해야 하고 거리마저 해결해야 했다.

김갑진은 필사적으로 머리를 굴렸다. 무슨 방법이 떠오를 것 같았기 때문이다.

세이프리에게 큰 이득이 되면서 지금 당장 닥친 일을 해결할 방법.

그것이 생각날 것 같았다.

김갑진은 생각해 내기 위해 머리를 쥐어짰다. 그러다가 무언가 떠올랐는지 자리에서 빠르게 일어섰다.

'세계수, 그리고 비르딕!'

비르딕은 지금 무정부 상태였다. 누구도 존재하지 않는 빈 땅이었다. 아니, 정확히 말하자면 세이프리 소유의 땅이 그곳에 남아 있었다.

그곳을 기점 삼아 비르딕을 세이프리 영역으로 선포한다면 세이프리에 귀속될 것이다.

비르딕에 세이프리의 영토가 있으므로 점령한 형태로서 인정받을 확률이 높았다.

"루나 님, 비르딕에 물건 정도는 옮길 수 있다고 하셨지요?"

"네, 그 정도는 가능해요. 무슨 방법이 떠오르신 거군요?"

김갑진의 사악한 표정을 본 루나는 희망으로 물들었다. 김갑진이 저런 표정을 지을 때면 늘 대단한 일이 발생했기 때문이다.

"세계수는 다 자라서 이제 세계수의 씨앗을 다른 도시에 심는 일만 남았지요. 루나 님의 권능으로 세계수 씨앗을 비르딕에 있는 세이프리의 영지에 옮깁니다."

"그럼 비르딕으로 가는 포탈을 열 수 있겠네요?"

세계수의 씨앗은 세계수의 분신이 들어 있었다. 심게 되면 빠르게 자라나 바로 나무가 되었다. 유지비만 감당한다면 바로 사용할 수 있었다.

"네, 영토 점령 선언을 통해 비르딕을 세이프리에 귀속시킨 후 세계수의 힘을 이용해 비르딕에서 직접 포탈을 여는 방법이 좋을 것 같습니다. 루나 님께서 직접 가신다면 신전의 연결 문제도 해결될 것입니다."

비르딕이 세이프리의 영토가 된다면 그곳에 간 루나가 직접 신전이 되어 사막과 연결할 수 있었다.

세이프리는 현재 봉쇄령이 풀린 상태이니 루나는 자리를 비울 수 있었다. 루나의 탑이 유지되는 동안 세이프리는 루나가 없더라도 정상적으로 돌아갈 것이다.

"루나의 탑은 저와 신관들이 유지해 보겠습니다."

막대한 신성력 소모로 루나의 탑이 약해진 상태이기는 하지만, 신관들이 모두 달라붙는다면 유지가 가능할 것이다.

"하지만 포탈을 열려면 엄청난 신앙심이 들 거예요. 그 문제는… 세이프리의 재정으로는 감당할 수 없어요."

"할 수 있습니다."

김갑진의 얼굴에 미소가 떠올랐다.

"비르딕은 세이프리의 것이니까요."

비르딕은 세이프리의 것이 될 것이다. 게다가 이번 사태를 해결한다면 다른 대도시들은 세이프리가 비르딕을 점령한 것에 대해 이의를 제기할 수 없을 것이다.

지원 병력을 불러오기 위한 불가피한 선택이었고, 그동안 다른 대도시들은 놀고만 있었으니 말이다.

비르딕은 예로부터 엄청난 부를 축적해 왔다고 알려져 있었다. 대규모 게이트를 열 정도의 비용은 손해조차 아닐 것이다.

김갑진의 주변에 어둠이 몰려오며 성향이 하락했다. 김갑진은 바로 루나에게 무릎을 꿇으며 입을 떼었다.

"루나 님, 사악한 생각을 했습니다."

"비상사태이니 괜찮아요. 김갑진 님, 고마워요. 역시 제 수석 프리스트이세요."

루나의 말에 다시 성향이 올랐다.

김갑진은 살짝 웃으면서 신관들을 이끌고 신전으로 들어왔다. 루나가 돌아올 때까지 김갑진과 신관들이 루나의 탑을 유지할 것이다.

루나는 바로 드래곤 레어로 이동해 세계수의 씨앗을 가지고 왔다.

신성에게 직접 도움을 줄 수 있다는 생각에 루나의 기분이 좋아졌다. 의지가 더욱 상승해서 컨디션이 점점 좋아지기 시작했다.

휘이이이!

루나는 주먹만 한 세계수의 씨앗을 두 손에 들고 조용히 눈을 감았다. 손에 신성력이 모이기 시작하더니 세계수의 씨앗이 사라졌다. 비르딕에 있는 부서진 귀족 별장으로 이동된 것이다.

귀족 별장에 도착한 세계수의 씨앗은 바로 건물의 잔해를 지나 굴러 떨어졌다. 사방에 솟아 있는 검은 기둥과도 같은 나무들이 루나의 신성력이 담겨 있는 세계수의 씨앗이 등장하자 모두 시들기 시작했다.

세계수의 씨앗에서 밝은 빛이 터져 나오더니 조그마한 싹이 돋아났다.

그것이 시작이었다.

작던 싹이 점점 커지며 순식간에 자라났다. 씨앗은 주변의 지형에 파고들며 튼실한 뿌리를 내렸다. 줄기가 나무로 변하며 찬란한 빛을 내는 잎사귀들이 돋아나기 시작했다.

세계수는 점점 커지며 하나의 나무가 되었다. 아직은 그리 크지 않았지만 세이프리에 있는 세계수의 본체가 자랄수록 분신 역시 더욱 크게 자라날 것이다.

세계수가 빛을 내기 시작하더니 루나가 비르딕에 나타났다. 비르딕을 감싸고 있는 죽음의 냄새는 루나가 나타나자마자 종적을 감추었다.

[세계수 연결이 완료되었습니다.]

*세이프리―비르딕 공간 이동 노선이 생성되었습니다.

*마력 코인을 소모하여 언제든지 대도시로의 이동이 가능합니다. 이동되는 인원, 무게, 종류에 따라 요구되는 마력 코인이 다릅니다. 무역 물품, 중형 이상으로 분류되는 아이템은 세계수를 이용할 수 없습니다.

*유지비 : 1,000KC/월(이용량에 따라 상승)

드디어 막대한 돈을 쏟아부은 세계수가 제 역할을 하기 시작했다. 마력 코인이 꽤나 들었지만 그 정도는 감수할 수 있을 정도로 세계수는 유용했다.

루나가 천천히 걸음을 옮기자 루나가 밟은 곳에 신성력이 깃들며 아름다운 꽃과 풀들이 자라나기 시작했다. 루나가 손을 들자 꽃잎이 치솟으며 비르딕을 향해 뻗어갔다.

[영토 점령 선언을 하였습니다.]

루나가 점령 선언을 하자 바로 결과가 나타났다.

[점령 완료!]

[비르딕이 세이프리에 귀속되었습니다.]
[여신 루나가 새로운 권능을 깨달았습니다.]
[여신 루나에게 새로운 칭호가 부여됩니다.]

[B+] 전쟁의 여신
최초의 도시전에서 승리하여 얻은 칭호.
뛰어난 전략으로 비르딕에 무혈입성하여 비르딕을 함락시켰다. 그로 인해 새로운 권능이 개화되었다. 루나의 가호가 내려진 부대의 전투력이 상승하며, 새로운 상위 직업인 전투법관, 성기사를 임명할 수 있다.

루나는 살짝 놀란 표정을 지었다. 자신과는 어울리지 않은 권능이 생겼기 때문이다. 하지만 세이프리에 도움될 것이 분명하니 기분이 좋아졌다. 이로써 루나교도 전투 스킬을 지닐 수 있게 된 것이다.

루나는 두 손을 모으며 사막에 있는 대신전의 존재를 찾았다. 누구보다도 친숙한 신성의 향기가 그곳에 감돌고 있었다.

'찾았다!'

대신전의 존재가 느껴졌다. 루나는 세계수와 연동하며 신성력을 내뿜었다.

[대신전과 점령지 비르딕이 연결됩니다.]
[포탈 생성을 위해서는 막대한 신앙심(마력 코인)이 필요합니다.]

세이프리의 재정으로는 감당이 안 되었으니 루나는 정신을 집중하여 비르딕에 있는 마력 코인을 찾았다. 중앙 황실 지하에서 엄청난 양의 금화를 발견할 수 있었다. 루나가 깜짝 놀라며 비틀거릴 정도였다.

비르딕이 세이프리의 것이 되었으니 그것은 모두 세이프리의 재정이었다.

[비르딕의 보물 창고가 세이프리 재정 목록에 등록되었습니다.]

루나는 막대한 양의 마력 코인을 이용하여 포탈을 열기 시작했다. 세계수 앞에 신성력이 뭉치더니 문이 생성되었다. 대규모 포탈이라고는 하지만 들어간 마력 코인에 비해서 그리 큰 크기는 아니었다.

　포탈이 열리는 순간, 전갈을 탄 오크들이 쏟아져 나오기 시작했다. 포탈을 유지할 수 있는 시간은 그리 길지 않아 많은 사막 오크가 나올 수는 없었다. 그럼에도 불구하고 2만에 가까운 숫자가 쏟아져 나왔다.

　루나의 의지가 전해져 온 순간 모든 일을 제쳐놓고 달려온 것이다. 포탈이 사라지고 사막 오크가 나오는 것이 멈추었다.

　오크들은 폐허가 된 비르딕을 휘젓다가 루나 앞에 멈추어 섰다. 거대한 붉은 전갈을 타고 있던 가르딘이 루나의 앞에 내려섰다.

　루나보다 훨씬 커다란 체구였다. 가르딘은 선글라스를 쓰고 있었는데 제법 잘 어울렸다.

　루나가 살짝 손을 올리며 그에게 인사했다.

　"안녕하세요?"

　"음! 루나! 탐욕의 신 아내! 반갑다! 나 가르딘! 돕기 위해 왔다!"

　아내라는 말에 루나의 얼굴이 붉어졌다.

가르딘이 손을 들자 2만의 오크들이 모두 함성을 질렀다.

"우라! 우라!"

"마력 코인! 우라!"

전갈에는 오크들이 제작해 놓은 인벤토리가 달려 있었다. 언제 어디서든 아이템을 가져갈 수 있게 달아놓은 것이다.

루나가 환한 미소를 지으며 입을 떼었다.

"자! 남편을 도우러 갑시다!"

"음, 전투! 좋다!"

가르딘이 루나를 붉은 전갈에 태워주었다.

[토벌대가 생성되었습니다.]

[전쟁의 여신 버프가 적용됩니다.]

*토벌대장 : [전쟁의 여신] 루나

*토벌대원 : [멋쟁이] 가르딘과 탐욕의 사막 오크

*토벌대 속성 : 신성

*버프 효과

1.공격력 15%

2.방어력 15%

3.자동 회복 오러

4.이동속도 20%

루나가 앞을 향해 손을 뻗었다.

"진격!"

루나가 호기롭게 소리치자 사막 오크들을 태운 전갈들이 아주 빠른 속도로 진격하기 시작했다.

여신 루나와 2만의 사막 오크들이 지금 전장에 참여했다.

*　　　　*　　　　*

루나와 가르딘, 그리고 사막 오크 부대는 엄청난 속도로 그 랜드캐니언을 질주했다. 그랜드캐니언은 사막 전갈과 상성이 꽤 좋았다. 속도가 전혀 줄지 않고 커다란 바위들과 절벽을 아무렇지도 않게 기어올라 이동했다.

제일 선두에 있는 루나는 빠른 속도에 환한 미소를 지었다. 세이프리에서만 있어 이런 경험을 해볼 기회가 많지 않았다. 신성과 함께 모험을 하고 있다고 생각하니 절로 마음이 두근 거렸다.

"이쪽이에요!"

"음!"

루나는 언데드가 내뿜고 있는 기운을 느끼며 부대를 이끌 었다. 가르딘은 루나의 말을 충실히 따랐다. 루나의 지시에 맞 춰 일사불란하게 부대에 명령을 내렸다.

탐욕의 사막 오크들은 강해져 있었다. 사막을 통일하며 얻은 경험은 정규 기사단과 비교해도 밀리지 않을 것이다.

그랜드캐니언을 빠져나올 때 루나는 피난민의 기척을 발견할 수 있었다.

그곳으로 방향을 바꿔 다가가자 잔뜩 긴장한 에르소나와 엘프들이 무기를 꺼내 들고 있었다.

"오, 오크?!"

"오크입니다!"

"어떻게 오크들이……!"

엘프들이 비명 같은 외침을 토하며 활을 쏘려 했다. 에르소나의 표정에 절망감이 서렸다. 전갈을 탄 오크의 숫자는 자신들을 가볍게 쓸어버릴 정도로 많았다. 게다가 오크들의 평균 레벨이 에르소나보다는 낮았지만 그에 육박해 있었다. 그들은 하나하나가 정예 몬스터였다. 전갈조차도 강력한 전투력을 지닌 정예 몬스터였다.

"다행이군요."

그러나 에르소나와 조금 떨어진 곳에 있던 김수정이 가슴을 쓸어내리며 말했다. 에르소나가 이해가 안 된다는 듯 김수정을 바라보았다. 망치를 들고 있는 드워프, 그리고 사르키오를 포함한 마법사들도 마찬가지였다.

그러나 신관들은 자신의 신성력이 증폭되는 것을 느끼자

눈동자가 커졌다. 그리고 익숙한 따스함이 느껴지자 입을 벌리며 경악했다.

김수정이 에르소나를 바라보며 입을 뗴었다.

"아군입니다."

김수정이 그렇게 말하기가 무섭게 붉은 전갈이 에르소나 앞에 나타났다. 거대한 집게가 에르소나 바로 앞까지 다가오자 에르소나의 표정이 더욱 굳었다. 에르소나는 검을 들고 있었지만 휘두를 수 없었다.

붉은 전갈이 주저앉자 그 위에서 내린 여인 때문이다.

"…루나 님?"

"에르소나 님, 오랜만이에요."

루나가 밝은 표정으로 말했다. 루나의 모습이 보이자 신관들은 기겁하며 다가와 무릎을 꿇었고, 사르키오를 포함한 모두가 멍하니 입을 벌리며 루나를 바라보았다.

루나는 김수정을 발견하고는 김수정에게 달려가 그녀를 끌어안았다.

"무사해서 다행이야. 흐윽!"

"죄송합니다. 걱정을 끼쳐 드렸군요."

김수정의 키가 루나보다 더 컸기 때문에 김수정에게 안긴 모습이 되었다. 김수정이 울먹이는 루나를 바라보다가 가르딘 쪽으로 시선을 옮겼다.

"가르딘, 오랜만입니다."

"반갑다, 친구!"

"여전히 멋있으시군요."

"음!"

가르딘이 가슴을 탕탕 치며 손을 들자 뒤에 있던 사막 오크들이 소리를 질렀다. 오랜만에 만나는 친구를 위한 함성이었다. 에르소나와 엘프들은 도저히 이해가 되지 않는 상황에 패닉 상태에 빠졌다.

김수정과 기르딘은 무척이나 친해 보였다. 오크와 친하게 지내는 다크엘프가 있다는 말은 전설 속에서조차 나오지 않았다. 김수정의 품에서 떨어진 루나가 모두를 바라보며 입을 떼었다.

"모두 언데드를 막으러 가요! 우리의 힘을 보여주자구요!"

김수정이 먼저 가르딘의 옆에 있는 전갈로 다가가 전갈 위에 올랐다. 그다음으로 쭈뼛거리던 신관들이 다가왔고 마법사들도 함께했다.

잔뜩 경계하는 에르소나와 엘프들이 전갈 위에 오르자 일부 사막 오크들은 피난민을 태우고 다른 곳으로 향했다. 피난민을 안전지대에 내려놓고 합류하기 위함이다.

[새로운 인원이 토벌대에 합류하였습니다.]

"출발!"

루나는 더 자신감이 차올랐다.

루나에게 신성이 큰 영향을 받았듯이 신성 역시 루나에게 커다란 영향을 주고 있었다. 바위산들을 가볍게 넘으며 언데드를 추격하기 시작했다.

*　　　*　　　*

비공정을 몰고 가던 신성이 고개를 갸웃했다.

루나에게서 흘러온 고양된 감정을 느낄 수 있었기 때문이다. 마치 밤에 보여주던 그런 격렬한 감정과도 비슷했다.

신성은 피식 웃고는 조종륜을 잡았다.

마력 엔진의 출력이 제대로 나지 않아 본 드래곤을 쫓는 데 시간이 꽤 걸렸다. 본 드래곤보다는 빨랐지만 본 드래곤은 이미 상당한 거리를 앞서가고 있었다.

현재 해가 저무는 시점이었는데, 이미 라스베이거스를 앞두고 있었다.

'찾았다.'

신성은 아래를 바라보았다. 먼지구름을 일으키며 마구 달려가고 있는 언데드 군단이 보였다. 지치지도 않는지 비르딕을 떠날 때와 똑같이 계속 달리고 있었다. 오로지 생명을 죽이겠다는 본능만이 남아 있는 언데드들의 살기가 느껴졌다. 그 살기는 주변을 가득 채우며 주변의 생명체를 말라비틀어지게 하였다.

신성은 고개를 들어 본 드래곤을 찾았다. 언데드 군단을 지나쳐 얼마를 더 나아가자 본 드래곤을 발견할 수 있었다. 본 드래곤은 언데드의 진격보다 훨씬 앞서 날아가고 있었다. 이미 미군과 교전이 있던 것인지 본 드래곤의 꼬리에는 박살난 전투기가 꽂혀 있었다.

전투기는 부식되어 있었다. 본 드래곤이 내뿜는 마력 때문인 것 같았다. 안타깝지만 현대 무기는 몬스터에게는 통하지 않았다. 랭크가 없는 무기 수준에 그쳤다. 20레벨 이하의 몬스터는 어떻게든 처리할 수 있을지 몰라도 본 드래곤이나 언데드 군단처럼 레벨이 높은 몬스터에게는 전혀 통하지 않을 것이다.

신성은 차라리 현대 무기가 통했다면 마석은 진즉에 토벌되었을 터이니 그렇게 하는 편이 훨씬 낫다고 생각했다.

휘이이이!

마력 엔진의 출력을 끌어올렸다. 이 이상 끌어올리는 것은 간신히 고친 마력 엔진에 손상이 갈 수 있었지만 신성은 망설이지 않았다.

저 미친 본 드래곤이 도시의 한복판에서 난리를 피우는 것을 막아야 했다. 대량 학살뿐만 아니라 필드 침식이 일어나며 무수히 많은 새로운 언데드가 탄생할 것이다. 인간들이 재료가 되어 말이다.

본 드래곤의 레벨이 오르는 것 역시 골치 아픈 일이다.

신성은 비공정이 속도를 높이며 본 드래곤에게로 접근하기 시작했다. 본 드래곤이 내뿜는 마력에 마력 엔진의 출력이 떨어지기 시작했다.

신성은 신중하게 본 드래곤과의 거리를 쟀다. 그러며 수정구에 마력과 함께 신성력을 쑤셔 넣었다. 마력 엔진이 버티지 못하겠지만 본 드래곤에게 닿는 것 자체가 지금의 목표였기에 망설임은 없었다.

콰가가가!

마력 엔진의 출력이 높아지며 본 드래곤 가까이까지 접근했다. 본 드래곤의 몸체까지 이르렀지만 속도를 줄이지 않았다. 오히려 그대로 비공정을 몰고 들어가더니…….

콰아앙!

본 드래곤과 부딪쳤다.

대단히 화려한 착륙이었다.

비공정이 화염에 휩싸이더니 큰 폭발을 일으켰다. 마력 엔진이 터져 나가며 비공정이 산산조각 났다. 소형 비공정의 가격은 1,000KC를 넘었으니 100억 원짜리 착륙인 셈이다.

비공정의 잔해가 공중에서 떨어져 내렸다. 검은 연기가 걷히고 본 드래곤의 등뼈를 잡고 버티고 있는 신성이 모습을 드러냈다.

신성의 방어구는 이제 거의 없다시피 했고, 마력 스킨이 켜져 있지 않은 탓에 여기저기에 상처가 있었다. 그러나 신성은 그런 것 따위는 신경 쓰지 않고 있었다. 오로지 본 드래곤을 죽이겠다는 의지만이 가득했다.

쿠오오오오!

본 드래곤은 신성이 자신의 몸에 붙어 있는 것을 느끼곤 공중에서 난리를 치기 시작했다. 공중을 마구 돌다가 그대로 급격히 아래를 향해 속도를 높였다.

바닥에 수직으로 꽂히며 거대한 먼지구름이 치솟았다. 신성은 큰 충격을 받았지만 결코 손을 놓지 않았다.

'회복된다!'

신성의 드래곤 하트가 점점 회복되고 있었다. 본 드래곤이 뿌리는 드래곤의 마력이 신성의 드래곤 하트를 급속도로 회복시켜 주고 있는 것이다.

'조금만 더……!'

반룡화 현신까지는 아직 시간이 필요했다. 신성은 뼈 사이로 손을 뻗었다. 본 드래곤의 가슴에 응집된 마력이 신성에게로 빨려들어 왔다. 마치 그것은 신성을 위해 준비되어 있는 것처럼 느껴졌다.

위기감을 느낀 본 드래곤이 더욱 빠르게 날기 시작했다.

신성은 고개를 들어 정면을 바라보았다. 본 드래곤의 뼈 사이로 보이는 광경이 있었다.

'이런……!'

찬란한 불빛이 가득한 도시.

라스베이거스가 눈앞에 펼쳐져 있었다.

본 드래곤은 신성과 함께 라스베이거스의 상공으로 진입했다. 군부대가 이미 출동해 있었지만, 그 많은 사람을 대피시키기에는 시간이 너무나 부족했다. 방어 라인을 형성해 놓은 것이 고작이었다.

신성은 이를 악물고 본 드래곤의 가슴을 바라보았다. 그곳에 걸쳐 있는 황금 기둥이 보였다. 황금 기둥은 본 드래곤의 약점에 닿아 있었는데 그곳에서 마력이 흘러나오고 있었다. 그것은 본 드래곤에게 있어서 치명적인 상처였다.

"힐! 힐! 힐!"

쿠오오오!

황금 기둥을 향해 중복으로 겹친 힐이 들어가는 순간, 본 드래곤이 고통에 울부짖었다. 공중에서 비틀거리다가 그대로 아래를 향해 떨어져 내리기 시작했다. 충격이 상당했는지 한

쪽 날개를 제대로 펼치지 못하고 있었다.

아래로 떨어지며 마구마구 돌았다. 신성의 눈이 크게 떠졌다. 본 드래곤이 떨어져 내리는 방향에 거대한 고층 건물들이 들어서 있었기 때문이다.

해결 방법을 찾을 수 없었다.

신성은 드래곤 하트를 점검하며 재빨리 마력 스킨을 전개했다.

그 순간 빌딩과 본 드래곤의 거대한 육체가 부딪쳤다.

쾅! 쾅! 콰아앙!

빌딩의 윗부분이 단번에 뭉개졌다. 본 드래곤은 빌딩 밑으로 굴러 떨어지며 거대한 날개를 펼쳤다. 그러자 주변에 있던 빌딩들이 잘려 나가며 기울기 시작했다.

콰가가가!

본 드래곤과 신성이 바닥에 떨어졌다. 본 드래곤으로부터 튕겨 나간 신성이 아스팔트 바닥을 구르다가 비싸 보이는 자동차에 부딪쳤다.

퍼엉!

자동차가 일그러지더니 그대로 터져 버렸다. 신성은 고개를 들어 정면을 바라보았다.

와르르르!

본 드래곤이 있던 자리를 중심으로 주변의 빌딩들이 무너져 내렸다. 무수한 잔해가 쏟아져 내렸고, 주변에서는 비명이 울려 퍼졌다.

영화에서나 볼 법한 재앙이 신성의 눈앞에 펼쳐져 있다.

투득!

본 드래곤이 묻혀 있던 곳에서 진동이 일어났다. 본 드래곤이 몸을 펴자 잔해가 사방으로 튕겨 나가며 쏟아져 내렸다. 주변에 있는 자동차를 박살 내고 건물의 유리창을 모조리 깨 버렸다.

퍼엉!

본 드래곤이 거칠게 꼬리를 휘두르자 자동차 여러 대가 신성에게 야구공처럼 쏟아져 왔다. 신성이 주먹을 뻗자 화염이 뿜어져 나가며 자동차를 모조리 녹여 버렸다.

드래곤 하트는 정상이었다. 본 드래곤에 대적할 힘이 드래곤 하트에서 느껴졌다.

"꺄, 꺄아악!"

"괴물……!"

"도, 도망쳐!"

주변에서 사람들이 내지르는 비명이 들려왔다. 신성을 지나치며 많은 사람이 도망치기 시작했다.

영어였지만 어느 정도는 알아들을 수 있었다. 이상하게도 지금에서야 미국에 왔다는 것이 실감나기 시작한 신성이다.

그르르르!

본 드래곤이 낮게 으르렁거렸다. 주변에 잔뜩 깔린 먹이를 보며 기뻐하고 있었다. 그러다가 신성이 보이자 분노하며 신성을 노려보았다.

투드드드드!

헬리콥터가 주변에서 어슬렁거렸다. 현재 상황을 보도하기 위해 나온 언론사의 헬리콥터 같았다. 마치 괴수 영화의 한 장면 같은 이 상황은 대단한 특종이 될 것이 틀림없었다.

신성은 심호흡을 했다. 드래곤 하트는 이미 회복되어 있었다. 고개를 들어 하늘을 바라보니 루나가 밝게 빛나고 있다. 루나로부터 전해져 오는 신성력은 매우 늘어나 있었다. 마치 루나가 가까이 있는 것처럼 느껴졌다.

"전과는 다를 거야."

신성의 모든 마력이 신성력으로 바뀌기 시작했다. 신성의 주변에서 빛의 기둥이 터져 나가며 하늘을 갈랐다. 그 모습은 너무나 신성해 보여 비명을 지르며 도망치고 있던 일반인들조차 넋을 잃을 정도였다.

신성의 몸에 새하얀 비늘이 덮이기 시작했다. 루나의 힘이 강력하게 전해져 온 덕분인지 신성의 모습은 더욱 거대하게 변해갔다. 빛을 깎아놓은 것 같은 비늘이 전신을 덮으며 4m가 넘는 크기가 되었다.

크기가 커졌지만 결코 둔해 보이지는 않았다. 전신에 돋아 있는 비늘과 날카로운 투구는 드래곤을 연상시켰지만 그 모습 자체는 고귀한 대천사와도 같이 느껴졌다.

더 이상 말은 필요 없었다. 신성은 빠르게 본 드래곤에게 돌진하며 주먹을 내질렀다. 신성력이 담긴 주먹에서 빛이 폭발하며 본 드래곤의 뼈를 녹여 버렸다.

본 드래곤이 뒤로 넘어지며 무너진 빌딩에 쓰러졌다.

'빠르게 승부를 봐야 해.'

반룡화 현신의 최대 단점은 바로 지속 시간이다. 초대형 보스 몬스터와 일기토를 할 수 있을 만큼의 힘을 부여해 주었지만 페널티가 존재하는 각성기였다. 반룡화 현신이 풀리게 되면 더 이상 본 드래곤을 막을 수단은 없었고, 이곳은 언데드 생산지가 될 것이다.

본 드래곤이 거대한 날개를 펼치며 하늘로 날아올랐다. 신성의 신성력에 위기감을 느끼며 도망치는 것이다. 시간을 끌면 자신이 이긴다는 것을 잘 알고 있었다. 마족 카르벤을 흡수했기 때문인지 본 드래곤은 제법 지능이 있었다.

신성은 본 드래곤을 향해 날아갔다. 황금 기둥 때문에 느려진 본 드래곤보다 신성이 훨씬 빨랐다. 신성이 빠른 속도로 다가오자 본 드래곤이 커다란 입을 벌리기 시작했다.

'브레스!'

비르딕에서 두 번 연속으로 브레스를 썼기에 모이는 기운
은 그리 많지 않았다. 하지만 충분히 위력적이었다.

콰가가가!

신성을 향해 브레스가 뿜어져 나왔다. 신성은 피하지 않았
다. 브레스를 맞으며 입을 벌리고 있는 본 드래곤을 향해 쏘
아져 나갔다.

신성이 피할 줄 알았던 본 드래곤은 당황했지만 이미 멈출
수 있는 상황이 아니었다.

"크으!"

치지직!

비늘이 떨어져 나가고 신성력이 흩어지기 시작했지만 신성
은 최대한 버텼다.

브레스가 멈추는 순간 신성의 몸은 이미 본 드래곤의 얼굴
에 닿아 있었다.

퍼억!

턱뼈를 날리며 본 드래곤의 가슴 쪽으로 다가가 황금 기둥
을 향해 주먹을 휘둘렀다. 신성력이 황금 기둥에 스며들며 본
드래곤의 마력을 날려 버렸다.

쿠오오오!

본 드래곤의 힘이 급격히 약해졌다. 뼈들이 바닥으로 떨어
져 내리고 균열이 생겨갔다. 본 드래곤은 필사적으로 도망쳤

다. 언데드 군단이 있는 곳으로 도망치고 있었다.

언데드 군단에게서 기운을 흡수할 생각이다.

언데드 군단은 이미 라스베이거스 앞까지 진격해 있었다.

그냥 두고 볼 신성이 아니었다.

이 기회를 놓칠 수는 없었다. 모든 것을 쏟아부어야 했다. 신성은 본 드래곤에게 다가가 본 드래곤의 목뼈를 잡았다. 그러곤 호흡을 내질렀다.

콰가가가!

근거리에서 작렬한 브레스가 본 드래곤의 몸을 녹여 버렸다. 본 드래곤의 날개가 사라지고 목이 잘려 나가며 거대한 머리가 바닥에 떨어졌다.

신성은 그대로 육중한 본 드래곤의 몸을 바닥에 꽂아버렸다.

콰앙!

진격해 오는 언데드의 한가운데에 떨어지며 본 드래곤이 그대로 폭발했다. 본 드래곤은 완전히 박살 나 제대로 남아 있는 부분이 존재하지 않았다.

[축하합니다!]

[초대형 보스 몬스터 본 드래곤을 처치하였습니다.]

[레벨이 대폭 상승합니다.]

[본 드래곤이 죽은 장소에서 곧 대단한 변화가 일어날 것입니다.]

본 드래곤이 사라지며 막대한 경험치가 들어왔다. 신성의 레벨이 빠르게 치솟으며 110을 넘겼다.

신성은 본 드래곤이 떨군 푸른 조각을 바라보았다.

[A] 드래곤 하트 조각

강력한 마력을 지닌 드래곤 하트의 조각.

너무나 강대한 기운을 머금고 있는 탓에 의지마저 생길 정도이다. 해츨링이 흡수한다면 일정한 성장기를 통해 성룡으로 성장할 수 있다. 성룡이 된다면 드래곤으로서의 이름을 정할 수 있고 제한이 있기는 하지만 용언을 사용할 수 있다.

마치 누군가에게 선물하는 것처럼 붉은 리본이 달려 있다.

신성은 일단 드래곤 하트 조각을 인벤토리에 넣었다.

지상에 착륙한 시점부터 반룡화 현신은 풀려 있었다.

"지치는군."

하루에 반룡화 현신을 세 번이나 했으니 육체와 정신 둘 다 지쳐 있었다.

신성은 주변을 바라보았다.

본 드래곤이 죽자 수많은 달하는 언데드들이 가만히 서 있다가 다시 미친 듯이 달려 나가기 시작했다.

본 드래곤의 통제를 벗어났지만 생명을 죽이고자 하는 본능은 여전히 존재했다. 라스베이거스에서 느껴지는 생명체들의 기척을 느끼고 달려 나가고 있는 것이다.

본 드래곤을 조금 더 일찍 막지 못한 것이 이런 사태를 불러왔다.

"젠장."

신성은 손을 들었다. 신성의 앞에 마법진이 생성되었다.

도시의 앞을 막아서고 있는 것은 신성 혼자였다. 신성이 아무리 레벨이 압도적으로 높다고 해도 그 혼자 저 많은 것을 저지할 수는 없었다.

신성의 얼굴이 구겨질 때였다. 언데드의 뒤쪽에서 환한 빛이 터져 나오며 언데드들이 하늘로 비상하기 시작했다.

"얍! 이얍!"

콰가가가!

익숙한 목소리에 신성의 고개가 돌아갔다. 신성의 표정이 멍해지며 입마저 벌어졌다.

붉은 전갈을 탄 채로 막대한 신성력을 뿌리며 진격해 오는 여인이 보였기 때문이다.

"루나?"

루나는 환한 미소를 지으며 언데드들을 날려 버리고 있었다. 그런 루나의 뒤로 수많은 전갈을 탄 사막 오크들이 보였다.

"앗! 신성 님! 저 왔어요!"

"아……!"

"같이 저 사악한 것들을 날려 버려요!"

루나의 외침이 신성의 귀에 꽂혔다. 그녀는 주먹을 들고 무척이나 상쾌하다는 듯한 미소를 짓고 있었다. 그동안 쌓인 스트레스를 모조리 풀고 있는 것 같았다.

"……"

신성은 수만의 언데드를 앞에 두고 있음에도 불구하고 루나에게 잘해줘야겠다는 생각만이 들었다.

신성의 뒤에서 잔뜩 긴장하고 있던 미군들도 그 모습을 보자 총기를 내리며 멍하니 그 모습을 바라보았다.

여신님이 절망만이 가득한 라스베이거스를 구하러 오셨다.

*   *   *

라스베이거스의 밤은 길었다. 2만의 사막 오크 대군과 10만에 달하는 언데드 군단의 전투가 이어졌다.

숫자에서 비교해 보면 상대가 될 수 없는 싸움이었지만 오크 전원은 전갈을 타고 있었다. 기마병보다 훨씬 빠르고 더 위력적인 공격력을 지니고 있었다.

게다가 사막 오크들의 공격에는 신성력이 깃들어 있었다. 루나가 토벌 대장이 된 덕분이다. 에르소나와 엘프들의 모습도 보였는데 언데드 사이를 종횡무진 움직이며 언데드들을 쓸어버리고 있었다.

그중에 가장 눈에 띄는 것은 역시 루나였다.

신성은 전투 중이라는 것도 잊고 루나를 멍하니 바라보았다.

"샤이닝 킥!"

붉은 전갈에서 뛰어내린 루나가 언데드를 발로 차버리며 외쳤다. 빛이 일직선으로 터져 나가며 열이 넘는 언데드가 순식간에 사라졌다. 아무리 봐도 즉석에서 기술명을 지어낸 것이 틀림없었다.

"하하합! 샤이닝 어퍼!"

루나가 주먹을 치켜들자 주변에 신성력이 폭발하며 언데드들이 하늘로 치솟았다. 수십의 언데드가 하늘로 날아오르는 모습은 대단한 장관이었다.

"이야압! 필살! 러블리 붐버! 받아랏!"

단순한 광범위 힐이었지만 필살기 흉내를 내고 있는 루나였다.

'…만화책을 너무 많이 봤어.'

만화책을 즐겨 본 것이 이런 결과를 낳은 것 같았다. 에르소나와 엘프들이 루나 쪽을 멍하니 바라보고 있다. 그만큼 루나의 액션은 화려했다.

'경험치는 아직도 많은 편이네.'

토벌대에 자연적으로 들어왔기에 가만히 있어도 경험치가 쌓였다. 거기에 신성의 경험치 버프까지 더해지니 이 끔찍하던 재앙은 이제 축제로 변모했다.

폭렙의 축제였다. 레벨 110에 이른 신성이었지만 그래도 들어오는 경험치는 대단히 많았다. 언데드들의 경험치가 일반적인 수준을 훨씬 웃돌고 있었기 때문이다.

'선물인가…….'

신성의 표정이 살짝 굳었다. 앞으로의 일이 무척이나 힘들어질 것 같은 예감이 들어서였다. 지금보다 훨씬 강해지지 않으면 곤란했다.

루나의 모습을 보고 신성은 피식 웃으며 몸을 풀었다. 루나와 가까이 있다 보니 드래곤 하트의 회복력도 빨랐다.

신성의 황금빛 눈동자가 일렁이는 순간 신성의 몸이 순식간에 뻗어갔다.

콰가가가!

신성의 몸에 닿은 언데드들이 터지며 사라졌다. 신성은 마치 덤프트럭처럼 언데드들을 박살 내며 진격했다. 루나가 있는 곳에 도착하자 활짝 웃으며 루나가 신성을 바라보았다.

루나의 주먹이 옆에 있는 언데드에게 꽂혔다. 신성은 루나의 뒤에 있는 언데드의 머리를 박살 내며 루나를 바라보았다.

"같이 사냥하는 건 처음이네."

"네. 두근두근하네요."

신성은 피식 웃으며 루나와 언데드를 쓸어버리기 시작했다. 루나에게서 직접 전해져 오는 신성력은 강력했다. 신성이 주먹을 휘두를 때마다 신성력이 폭발하며 주변에 빛의 기둥이 몰아쳤다. 루나 역시 신성의 움직임을 따라 하며 비슷한 모습을 보여주고 있었다.

신성이 손을 뻗자 루나가 신성의 손을 잡았다.

"가죠! 샤이닝 자이언트 어택!"

신성이 루나의 손을 잡고 한 바퀴 돌자 칼날과도 같은 신성력이 주변으로 몰아치며 언데드들의 몸을 박살 냈다.

"신성 님! 여기서 점프!"

"알았어!"

신성은 루나의 허리를 감싸 안고 그대로 점프했다. 공중으로 치솟은 신성은 아래를 바라보았다. 루나가 언데드들이 뭉쳐 있는 곳을 손가락으로 가리켰다. 신성은 피식 웃고는 루나의 허리를 잡고 그대로 주변에 화염을 방출했다.

루나의 신성력과 신성의 화염이 섞이더니 찬란한 빛을 내는 성화(聖火)로 변했다.

[속성 조합에 성공하였습니다!]

루나와 신성의 상성은 너무나도 좋아 속성 조합의 실패 따위는 존재하지 않았다. 신성과 루나를 하얗게 빛나는 화염이 휘감았다. 주변이 마치 대낮처럼 밝아졌다.

이성이 없는 언데드들이었지만 엄습해 오는 막대한 기운에 몸이 굳어버렸다.

신성이 화염을 방출하자 엄청난 속도로 가속되며 아래로 떨어져 내리기 시작했다. 마치 운석이 떨어져 내리는 것처럼 긴 꼬리를 만들며 언데드들이 가장 많이 모여 있는 곳에 작렬했다.

콰가가가가!

성화의 폭발이 주변 일대를 쓸어버렸다. 워낙 범위가 넓어서 아군까지 휘말렸지만 아군은 오히려 상처와 체력이 회복되고 공격력이 상승했다. 모두가 이 압도적인 광경을 넋을 잃고 바라보았다. 한순간에 수천의 언데드가 증발해 버렸다. 거기에서 더 나아가 신성과 루나는 그대로 돌진하며 언데드들을 휩쓸었다.

성화가 사라지자 루나는 상쾌하다는 듯 뒤를 돌아보며 입을 떼었다.

"부부 합동 연계기! 러블리 샤이닝 어택!"

"…음."

루나는 기분이 무척이나 좋아 보였다.

신성은 고개를 설레설레 저으며 적당히 맞춰주었다. 전투 스킬이 없는 루나였으니 좀 더 많은 스킬을 개발한다면 루나교에게 있어서는 상당히 이득일 것이다. 유치한 기술명이 마음에 걸리기는 하지만 위력은 뛰어났다.

[루나교에 전투 스킬이 등록되었습니다.]

*샤이닝 권법

*제한 : 전투 법관, 성기사.

[신전에서 전투 스킬을 배울 수 있습니다.]

[루나교의 랭크가 상승합니다.]

정보창이 떠올랐다.

신성은 정보창을 닫으며 주변을 바라보았다. 언데드의 숫자는 확실히 줄어 있었다. 라스베이거스로 진격해 오지 못하고 쓰러질 뿐이었다.

가르딘과 김수정이 신성에게 다가왔다. 그들이 타고 있던 붉은 전갈이 신성에게 애교를 떨듯이 몸을 들이밀었다.

"오랜만이군."

"반갑다!"

신성은 가르딘이 꽤 반가웠다. 같이 목숨을 건 모험을 한 사이이니 친구처럼 느껴졌다. 루나와 김수정이 신성의 주변에 섰다. 이렇게 셋이 한자리에 있는 것은 상당히 오랜만이었다.

"음?"

사막 오크들의 뒤쪽에서 강한 진동이 느껴졌다. 신성이 고개를 들어 바라보자 무언가 먼지구름을 일으키며 달려오고 있었다.

그것은 꽤 거대한 바위였다.

신성과 루나는 그것이 무엇인지 단번에 알아차렸다.

"디아나가 왔네요!"

"그런 것 같은데… 하지만 어떻게?"

"다 방법이 있지요."

루나가 비밀이라는 듯 신성을 바라보며 웃었다. 신성은 어떻게 디아나가 비르딕 방향에서 나타났는지 이해를 할 수 없었다. 비행기를 타고 온 것도 아니었다.

디아나는 폭풍의 골렘을 타고 있었다. 여전히 메이드복을 입고 있었는데 신성이 디아나에게 준 해골 병사들도 골렘 위에 늠름하게 서 있었다. 해골 병사들은 핑크색으로 통일된 메이드복을 입고 있었고 머리에는 리본이 꽂혀 있었다.

그리고 디아나의 뒤에는 엘브라스의 엘프들이 사슴을 타고 달려오고 있었다. 세이프리의 아르케디아인들은 사슴을 조종하는 엘프들 뒤에 앉아 있었다.

[새로운 인원이 토벌대에 합류하였습니다.]

그런 정보창이 떠오른 순간 모두가 함성을 지르며 진격하기 시작했다.

"와아아!"

"박살 내자!"

그들이 언데드들을 쓸어버리며 전장에 합류했다.

폭풍의 골렘이 돌로 이루어진 폭풍을 일으키며 언데드들을 휩쓸었다. 디아나가 신성의 앞으로 다가왔다.

"나 왔음. 윽!"

루나가 디아나를 끌어안고 비비적거렸다.

신성은 피식 웃으며 전장을 바라보았다. 이미 언데드들에게는 승산이 없었다. 힘을 쓰지 못하며 허수아비처럼 쓰러질 뿐이었다.

상황이 이쯤 되니 신성이 할 일은 없었다. 엘브라스의 엘프들이 합류하자 기세를 탄 에르소나가 대단한 힘을 보여주었고, 가르딘과 사막 오크들도 경쟁하듯이 더욱 열을 냈다. 시간이 조금 걸리기는 했지만 언데드의 모습이 완전히 사라져 버렸다.

[언데드 군단의 진격을 막았습니다.]
[전쟁에서 승리하였습니다.]
*공헌도에 따라 보상이 주어집니다.

변해 버린 메인 퀘스트가 막을 내리는 순간이다.

뒤늦게 나타난 다른 도시의 아르케디아인들은 함성을 지르며 축제 분위기를 이어가는 토벌대를 보며 허탈해할 수밖에 없었다.

언데드와의 전쟁이 끝나자 자연스럽게 모두 라스베이거스로 들어갔다.

루나와 신관들은 부상자들을 치료해 주었고, 세이프리의 아르케디아인들은 구조 작업을 도왔다. 일반인들의 희생은 어쩔 수 없었다.

신성이 있었기에 이 정도에서 그친 것이지 신성이 없었다면 라스베이거스는 지도상에서 사라졌을 것이다.

미국 측 고위 인사들과 장성들이 연이어 찾아왔고, 취재 열기는 너무나 뜨거웠다. 사슴을 타고 있는 엘프들은 큰 관심을 받았다.

가장 눈에 띄는 이는 역시 가르딘이었다. 가르딘은 취재를 거절하는 법이 없었다. 몰려든 수많은 카메라 사이에서도 당당히 어깨를 펴며 인터뷰에 응했다. 미국 사람들은 영웅을 좋아한다고 들었는데 확실히 지금 SNS를 포함한 인터넷 여론은 난리가 났다.

"나! 가르딘! 도와준다!"

"미국에 도움이 필요하면 언제든지 오실 수 있다는 말이십니까?"

"미국! 모른다! 나는 친구들의 편!"

가르딘은 취재기자와 어깨동무를 하며 웃었다. 그러자 주변에 있던 2만의 오크들이 가르딘의 액션에 맞춰 같이 웃기 시작했다.

신성은 고개를 돌려 루나 쪽을 바라보았다. 루나가 미국의 고위 인사들과 장성들에게 설교를 하고 있는 것이 보였다. 성향치가 낮은 자에게 집중적으로 설교를 했는데 루나의 따스함에 감동한 것인지 무릎을 꿇고 눈물을 흘리는 자도 있었다. 주변으로 몰려온 라스베이거스의 시민들이 루나를 보며 감동한 것은 부가적인 일이었다.

신성은 세이프리 인원의 호위를 받으며 서 있었기 때문에 아무도 접근할 수 없었다. 게다가 신성의 존재감에 짓눌려 감히 다가오는 이가 없었다.

'일반인에게 종교를 퍼뜨리는 것도 나쁘지는 않겠군.'

신성 랭크가 늘어나면 루나교는 더욱 발전할 것이니 말이다. 자신의 종교를 퍼뜨리는 것은 일단 보류해 놓기로 했다. 그래도 악신이다 보니 지구에 악영향을 미칠 가능성이 컸다. 악신의 신도랍시고 살아 있는 제물 따위를 바친다면 여러모로 곤란했다.

'그나저나 비르딕이 세이프리로 귀속되었다니……'

김갑진의 계획이기는 하지만 루나가 스스로 그렇게 행동했다는 것에 상당히 놀란 신성이다. 세이프리의 입장에서는 이번 원정으로 잃은 것이 거의 없었고 이득은 막대했다.

비르딕이라는 아주 좋은 곳을 손에 넣은 것만으로도 엄청난 이득이었다. 비르딕에 부활석을 설치하고 질 좋은 주변 마석들을 정복해 나간다면 세이프리는 더욱 발전할 수 있을 것이다. 거기다가 비르딕의 돈은 세이프리와 비르딕에 기반 시설을 건설하기에 충분할 만큼 많았다.

'세이프리는 이제 부자야!'

어떤 대도시와 비교해 봐도 전혀 부족함이 없었다. 비르딕이 폐허가 되기는 했지만 세이프리가 그런 것처럼 다시 발전해 나갈 것이다.

신성은 일단 오크들을 비르딕에 주둔시켜야겠다고 생각했다. 사막으로 돌려보내려면 막대한 돈이 들어갈 테니 그럴 바에는 차라리 비르딕의 주둔군으로 돌리는 편이 훨씬 이득이다.

　'앞으로 더 바쁘겠군.'

　본 드래곤이 떨어진 곳에 대단한 변화가 일어난다는 말은 아마 마물의 숲이 나타나거나 그와 비슷한 것이 출현한다는 뜻일 것이다. 일단 비공정을 제작해 비르딕에 자재들을 옮기는 것이 우선이었다. 그런 다음 여러 기반 시설을 건설하고 계획을 세워 일을 진행해야 했다.

　'비르딕을 조금 더 개방적인 도시로 만드는 것도 괜찮겠지.'

　미국이라는 시장이 바로 옆에 있으니 말이다.

　신상은 살짝 숨을 돌린 다음 인벤토리를 열었다. 리본이 달린 드래곤 하트 조각이 보이자 머리가 아파왔다. 이런 짓을 벌인 자가 용신으로 추측되니 한숨만 나올 뿐이다.

　'2차 각성이라……'

　2차 각성의 조건이 모두 완료되어 당장에라도 2차 각성을 할 수 있었다. 정보창에 떠오른 2차 각성 탭을 눌러보았다. 그러자 2차 각성에 대한 자세한 정보가 떠올랐다.

　조건을 모두 충족시켰기 때문인지 정보가 업데이트되어 있었다.

[C] 2차 각성

해츨링에서 성룡으로 진화하는 각성.

인간의 피가 사라지며 완전한 드래곤으로서의 첫발을 내디딜 수 있다. 일반 속성의 드래곤으로 언제든지 변할 수 있지만 속성을 전환할 경우 막대한 마력 소모와 함께 드래곤의 힘을 유지하는 데 제약을 받게 된다.

2차 각성을 이룬다면 인간이라는 틀에 구속받지 않아 용언 마법을 이용해 다른 종족으로의 변신이 가능하다. 또한 신성 랭크(악신)가 있으므로 악룡신으로 강림할 수 있다.

각성 마법

*[A] 폴리모프 셀프 : 다른 종족으로의 변신이 가능하다. 해당 종족의 마력 특성을 기억해야 변신을 할 수 있고 성별에 구애받지 않는다.

변신 후에도 용의 재능이 적용된 상태이며, 각 종족에 맞는 종족 스킬을 자유롭게 익힐 수 있다.

*[S] 악룡신

신으로서 강림하는 각성 스킬.

모든 능력이 폭발적으로 증가하며 익히고 있는 모든 속성을 동시에 사용할 수 있다. 신과 드래곤의 결합은 많은 부담을 주며 강림 후에는 페널티가 부여된다.

*[SS+] 용언

드래곤의 의지가 담긴 언어는 현실을 부수고 새로운 세상을 구축할 수 있다고 알려져 있다. 그러나 용언은 갓 성룡이 된 드래곤이 쓰기에는 너무 강력한 힘을 지닌 언어이다.

횟수 제한이 걸리기는 하지만 드래곤 하트의 모든 마력을 소모하여 용언을 사용할 수 있다. 현실 법칙과 어긋나면 어긋날수록 드래곤 하트의 부담이 심해진다.

2차 각성은 대단히 놀라웠다. 드디어 반룡이라는 타이틀을 버리고 드래곤으로서 진화할 수 있는 것이다. 그리고 모든 종족으로 변할 수 있는 용언 마법은 신성에게 큰 힘을 부여해 줄 것이 틀림없었다. 게다가 용언 마법의 가능성은 무궁무진했다.

신성의 생각이 복잡해졌다.

'인간의 피가 사라진다고 했지.'

그나마 인간으로서 남아 있던 피가 사라지게 되는 것이다. 다른 종족으로 변한 아르케디아인들처럼 말이다.

2차 각성은 앞으로의 싸움을 위해서 꼭 필요한 힘이었기에 각성을 하는 데 망설임은 없었지만 그래도 생각이 조금 많아지는 것은 어쩔 수 없었다.

"표정이 안 좋으시네요? 고민이 있나요?"

신성에게 다가온 루나가 물었다. 신성이 고민하는 부분을 말해주자 루나는 신성과 눈을 맞추었다.

"신성 님의 영혼은 그대로잖아요. 종족의 본질을 뛰어넘을 만큼 신성 님의 영혼은 대단하답니다. 자신감을 가지세요."

"영혼이라……"

"그건 본래부터 가지고 있는 당신의 모습이에요. 누구도 바꿀 수 없는 고귀한 것이지요."

루나가 신성의 손을 잡고 자신의 가슴으로 가져갔다. 루나의 영혼이 느껴졌다. 세상의 무엇보다 맑은 빛깔을 띠고 있었다. 설령 루나가 인간으로 변한다고 하더라도 그 본질은 절대 변하지 않을 것이다.

머리가 맑아지는 느낌이 들었다.

신성의 얼굴이 풀어지자 루나가 환하게 웃었다.

CHAPTER 5
각성I

신성은 미국 측의 배려로 라스베이거스의 초호화 스위트룸에 머물렀다. 엘프들은 세이프리로 돌아갔고, 다른 대도시의 아르케디아인들도 통행료를 내고 세계수를 이용해 복귀했다.

신성은 본래는 하룻밤만 머물고 세이프리로 돌아가려 했지만 지구의 현대 문물에 심취한 사르키오와 마법사들 탓에 한동안 라스베이거스에 머물러야 했다.

그들의 반응은 나름 재밌었는데 서울에 처음 간 루나를 보는 것 같아 보는 맛이 있기는 했다.

머무는 김에 본 드래곤이 떨어진 장소도 가보았는데 벌써부터 검은 식물이 돋아나고 있었다.

라스베이거스와 얼마 떨어지지 않은 곳이라 위험했지만 아르케디아 온라인 설정대로라면 마물의 숲에 들어가지 않는 이상 공격당하는 일은 없었다. 그래도 메인 퀘스트가 용신으로 추정되는 인물로 인해 변화되었기에 마물의 숲에 대해 안심해서는 안 되었다.

마물의 숲에 대해서는 일단 사막 오크들에게 주기적으로 보고하라고 해놓았다.

사막 오크들은 비르딕에 머물기로 했는데, 폐허가 되기는 했지만 나름 멀쩡한 건물들도 꽤 많으니 적당한 곳에 자리를 잡고 주변 마석 토벌에 나서고 있었다.

오랜만에 휴식을 즐긴 신성은 세이프리로 귀환했다. 루나와 함께 세이프리로 귀환하자 세이프리의 주민들이 성대하게 환영해 주었다.

"와아아!"

신성과 루나의 활약상이 아르케넷을 통해 방송된 덕분에 세이프리 주민들은 대단한 자긍심을 느끼고 있었다. 그것까지는 신성이 알고 있었지만 지구의 각종 언론 매체에서도 방영되었다는 것은 자세히 모르고 있었다. 아무 일도 하지 않았지만, 루나의 신성 랭크가 쭉쭉 오르고 있다는 사실이 신성은 조금 의아할 뿐이다. 신성의 신도 역시 꽤 늘어 조금 우려스러울 정도가 되었다.

루나의 탑에 김갑진과 신관들이 나와 있는 것이 보였다. 김갑진은 신성의 옆에서 환하게 웃고 있는 루나를 보며 깊은 한숨을 내쉬었다. 그동안 고생이 무척이나 심했던 탓이다. 김갑진과 신관들이 힘들게 유지시킨 루나의 탑이 루나가 돌아오자 환한 빛을 내며 세이프리를 밝혀주었다.

세이프리 주민들이 루나의 탑 앞에 오른 루나를 바라보았다. 환호성이 잦아들었다. 모두 루나의 말을 기다리고 있었다.

"정의는 승리합니다!"

"와아아!"

"정의 구현!"

루나가 외치며 주먹을 들자 주민들이 일제히 환호성을 지르며 주먹을 치켜들었다. 그 모습에 김갑진이 눈을 깜빡이다가 신성을 바라보았다.

"루나 님이 조금 변한 것 같군요."

"자신감이 생긴 건 좋은 일이지."

"더 피곤해질 것 같은 느낌이 드는데… 기분 탓이겠지요."

김갑진의 얼굴에 그늘이 생겼다. 더 활발해진 루나를 보필

하는 일은 그리 쉽지 않은 일이 될 전망이다. 신성의 눈에는 루나의 모습이 너무나 매력적으로 보였지만 김갑진은 그렇게 볼 수 없었다.

김갑진은 아르케넷을 통해 방영된 루나의 전투 모습을 보고 엄청나게 놀랄 수밖에 없었다. 방송사의 헬리콥터가 찍은 것을 방영해 준 것인데 루나의 모습은 그야말로 충격 그 자체였다.

주먹으로 언데드들을 쓸어버리는 모습에 김갑진은 한동안 정신을 차릴 수 없을 정도였다.

루나교의 전투 능력이 생긴 것은 환영할 만한 일이지만 루나의 모습을 보니 생각이 복잡해진 김갑진이다.

김갑진은 루나가 여신답게 전장을 따스한 빛으로 물들여 줄 것을 원했는데, 전쟁의 여신이 되어 완전히 상대를 터뜨려 버릴 줄은 예상하지 못했다. 벌써 전투 법관들이 생겨나며 루나가 만든 기술명을 외치고 있었다.

'샤이닝 핑거'라든지 '샤이닝 부스터', '러블리 붐버' 같은 기술이 신전 연습장에서 들릴 때면 한숨이 나왔다. 문제는 향후 교황으로 승격하기 위해서는 저 기술들을 그 역시 능숙하게 사용해야 한다는 점이다.

"하아!"

김갑진이 크게 한숨을 내쉬었다.

신성은 피식 웃고는 김갑진을 바라보았다.

"왜 그렇게 보십니까?"

"회의를 좀 하자. 할 일이 많아."

"지금까지 한 시간도 쉬지 못했는데 너무하시는군요."

김갑진의 얼굴에는 피로가 가득했지만 비르딕 재건 사업도 있고 하니 이대로 쉬게 놔둘 수는 없었다. 김갑진은 휴가조차도 갈 수 없는 위치였다. 안타깝지만 365일 내내 일을 해야만 했다.

환영 행사가 끝나고 모두 드래곤 레어로 돌아왔다.

드래곤 레어의 집무실로 들어온 신성과 김갑진은 오래도록 이야기를 나누었다. 신성이 2차 각성에 들어가기 전에 업무 지시를 해놔야 했다.

2차 각성에 들어가면 상당한 기간 동면 상태에 빠져서 기존의 육체에서 벗어나는 진화를 해야 한다. 그렇기 때문에 처리할 수 있는 일은 처리하고 계획을 세워야 했다.

신성과 김갑진의 회의가 시작되었다.

할 일이 너무 많았기 때문에 회의는 해가 질 때까지 이어졌다.

"비르딕을 무역도시로 만드실 생각이군요. 지구 쪽과 거래를 시작하기에도 좋은 위치인 것 같습니다. 비공정 생산 시설을 그쪽으로 옮기겠습니다."

"대량생산 라인을 그쪽에 세우는 쪽으로 계획을 잡아."

"네, 알겠습니다. 그리고 말씀하신 아카데미 건입니다만……."

비르딕에 무역센터를 세우고 초심자들을 받기 위한 아카데미를 건설할 생각이다.

비르딕의 마탑이나 대도서관에는 상위 직업 스킬도 남아 있으니 그걸 최대한 이용하여 세이프리 주민들의 전력을 높여야 했다.

비르딕에 부활석을 설치하면 50레벨의 마석에서도 부활할 수 있으니 체계적인 교육과 전문 교관의 통솔이 있다면 세이프리 주민들은 그 어떤 도시에서보다도 빠르게 성장할 수 있을 것이다.

'매달 새로운 아르케디아인들을 모을 수 있으니…….'

비르딕에 심사 기관을 설치해 후보생들을 모으고 일정한 교육을 거쳐 합격생을 선발해 아르케디아인으로 만드는 것이 좋을 것 같았다. 서로 간에 전우애도 키울 수 있고 교육을 통해 루나에 대한 충성심을 주입할 수도 있었다.

김갑진도 그 생각에 동의했다. 후보생을 받는 것만으로도 돈을 끌어모을 수 있는 방법은 대단히 많았다. 아예 비르딕 재건에 대기업의 후원을 받는 것도 나쁘지 않은 생각이었다. 지구의 자재를 사용하는 편이 훨씬 저렴할 테니 말이다. 일

손이 부족했기에 일반인의 손을 빌리는 것도 좋은 방법이었다.

"2차 각성 후에 파견의 보석을 만들 수 있다고 하셨지요?"

"그래."

"그럼 함정 전문가가 필요하겠군요. 몬스터들도 수집해야 할 테고."

신성이 고개를 끄덕였다. 일단 드래곤 레어에 파견소를 지어야 했다. 진화의 성소나 몬스터 조합소를 짓는 것도 고려하고 있었다.

"마석의 수호자 같은 경우에는 꾸준히 모으도록 하고 슬슬 테이밍 코인이 제작되는 시점이니 테이머를 통해 몬스터를 공급 받는 쪽이 좋을 것 같습니다."

"마족들을 벗겨먹을 수 있겠군."

"아주 철저하게 벗겨먹어야 합니다. 속옷 한 장도 남기지 않고 말이지요. 그리고 마족을 사로잡을 수 있다면 큰 이득이 될 것입니다. 놈들을 철저하게 교육한다면……."

김갑진은 음산한 미소를 지었다. 신성 역시 낮게 웃었다.

밤늦게까지 이야기를 나누었다. 김갑진은 녹초가 되어 쓰러지기 직전이었다.

"이만하면 될 것 같아. 일단 단합 대회 일정을 다시 조율하자."

"네, 알겠습니다. 대도시에 연락해서 일정을 조율한 후에 보고 드리겠습니다. 세계수나 비르딕을 이용하는 방안도 생각해 보겠습니다."

"마물의 숲을 주시하는 것도 잊지 말고."

"정보원을 파견하겠습니다. 사막 오크 쪽과 연계하면 될 것 같습니다."

"음, 좋아. 이걸로 마치지."

신성이 고개를 끄덕이자 김갑진이 소파에 털썩 주저앉았다. 김갑진은 일어날 힘조차 없어 보였다. 그때 문이 벌컥 열리면서 디아나가 들어왔다. 늘 무표정하던 디아나의 얼굴이 새파랗게 질려 있다.

디아나가 빠르게 소파 뒤로 숨었다.

루나와 김수정이 집무실로 들어오며 두리번거렸다.

"목욕을 하려는데 디아나가 사라졌어요. 혹시 보셨나요?"

"디아나 혼자서는 구석구석 깨끗하게 씻지 않아 곤란하던 참이었습니다."

소파 뒤에서 디아나가 간절한 눈빛을 보냈다. 신성이 은근슬쩍 김갑진을 바라보자 김갑진에게 루나와 김수정의 시선이 꽂혔다.

김갑진이 당황하며 소파에서 미끄러졌다.

"저는 모르는……."

"거짓말을 하고 있군요?"

"그, 그렇긴 하지만……."

루나 앞에서는 거짓말이 소용없었다. 김갑진이 신성을 바라보았다. 신성은 어느새 진지한 표정으로 서류를 검토하고 있었다.

"신성 님, 김갑진 님을 빌려도 괜찮을까요?"

"일은 끝났으니 용무가 있으면 데려가도록 해."

루나가 손짓하자 메이드복을 입은 해골들이 들어오더니 김갑진을 들었다.

"자, 잠깐! 사실은……."

해골들이 김갑진을 데리고 사라졌다. 모두가 사라지자 디아나가 소파 뒤에서 나왔다.

"굿! 좋은 도움!"

디아나가 엄지를 올리고는 집무실 밖으로 나갔다.

잠시 후 김갑진의 비명이 들려왔다. 신성은 이런 시끌벅적한 분위기가 마음에 들었다.

'좀 쉴까?'

신성은 피식 웃으며 소파에 누웠다.

주위가 조용해지자 졸음이 밀려왔다.

부스럭!

깊은 잠에 빠져 있던 신성이 눈을 떴다. 신성의 위에 있는 누군가가 느껴졌기 때문이다. 좁은 소파에 몸을 겹치며 신성을 바라보고 있었다.

따스한 체온이 느껴졌다.

향긋한 향기가 신성의 코에 감돌았다.

CHAPTER 6

각성II

"깼어요?"

"응. 갑진이는?"

"기절해서 빈방에 눕혀놓았어요. 많이 피곤했나 봐요."

"그렇군."

신성이 웃자 루나 역시 신성을 바라보며 웃었다. 루나가 신성을 끌어안았다. 심장끼리 맞닿은 것처럼 서로의 육체에 두근거림이 전해져 왔다.

"이제 드래곤이 되실 건가요?"

"그래야겠지. 내키지는 않지만 지금의 힘으로는 마족을 상대할 수 없어."

마족은 강했다. 마족 카르벤조차 상급 마족이 아니었다.

상급 마족 이상부터는 각자 고유의 힘을 지니고 있고 세력 또한 갖고 있었다. 최상급 마족부터는 마왕과 겨룰 수 있는 힘을 지녔다고 알려져 있다.

'마왕… 강력한 상대지.'

마왕은 대단히 강력한 적이다. 마족이라는 종족 자체는 상위 종족에 불과하지만 마왕 정도 되면 상위 종족 이상의 힘을 발휘할 수 있었다. 그런 마왕이 단 하나만 있는 것이 아니었다. 마왕들은 마계에서 서로의 파벌을 이루며 경쟁하고 있었다.

아르케디아 온라인에서는 일부밖에 체험할 수 없었지만, 현실이 된 지금은 다를 것이다.

"너무 안타까워하지 말아요. 그래도 좋은 일도 있으니까요."

"좋은 일?"

"신성 님은 이제 완전한 하나의 종족이 되겠지요. 그럼……."

루나가 신성의 얼굴을 쓰다듬었다.

"제가 당신의 아이를 가질 수 있을 거예요."

신성은 루나의 말에 멍한 표정으로 그녀를 바라보았다. 단한 번도 생각해 보지 않은 일이기 때문이다. 신성의 멍한 표정을 본 루나는 빙긋 웃고는 신성의 품을 파고들었다. 눈을 감아보니 황금 들판에서 웃고 있는 할머니의 얼굴이 떠올랐다.

언제 손주를 데려올 것이냐면서 자신을 타박하던 모습이 생생하게 떠올랐다.

신성은 루나의 허리를 잡으며 몸을 회전했다. 신성의 위에 있던 루나의 몸이 아래로 위치가 바뀌었다.

"좋은 일이네."

"그렇죠?"

"응. 무척……."

2차 각성.

신성에게 있어서 그것은 새로운 행복으로 가는 시작이 될 것 같았다.

* * *

비르딕의 재건 사업이 진행되고 언데드 때문에 발생한 혼란이 수습되자 신성은 2차 각성을 위해 비르딕으로 향했다. 2차 각성을 예정보다 빠르게 끝내려면 마력과 넓은 공간이 필요했는데 비르딕 지하의 보물 창고가 제일 적합했다.

본래는 3개월 이상 걸렸지만 마력 코인을 이용한다면 한 달 정도로 단축할 수 있었다. 시간과 소모되는 마력 코인의 양을 비교해 봤을 때 마력 코인을 소모하는 쪽이 더 나았다. 게다가 드래곤의 특성 때문인지 풍부한 마력 금화 속에서 2차 각성을 한다면 능력치가 더 상승했다.

루나의 배웅을 받으며 세계수를 통해 비르딕에 도착했다. 많은 이들이 사막 오크들과 함께 건물을 세우고 있었다. 건설 장비 제작을 위해 사르키오와 마법사들이 비르딕에 파견되었는데 지구의 장비들을 참고하고 있었다.

지구의 건축회사 관계자들도 드워프와 이야기하고 있었다.

"맥주, 부족하다!"

"알겠습니다!"

"음!"

그들도 비르딕에 제법 적응했는지 오크들과도 이야기를 나누며 작업하고 있었다.

모든 종족이 조화롭게 지내는 것은 좋은 일이었다.

개방된 도시를 지향하는 비르딕은 그 시험 무대가 될 것이다. 마물의 숲이 완전히 제 모습을 갖추게 되면 마족이라는 적이 나타날 것이니 모두가 힘을 합쳐야 했다. 앞으로는 아르케디아인뿐만 아니라 지구인들의 힘도 중요했다.

신성은 비르딕의 중앙으로 향했다. 본 드래곤과의 전투를 벌인 흔적이 곳곳에 남아 있었다. 보물 창고가 있는 곳은 사막 오크들이 지키고 있었고, 그곳에 마석을 정벌하며 가지고 온 값비싼 아이템들을 바치고 있었다.

"수고하는군."

"지킨다! 마력 코인!"

"바친다! 보물!"

신성이 등장하자 사막 오크들이 그렇게 외치며 길을 비켜 주었다. 사막 오크들이 그가 각성을 마칠 때까지 지켜줄 것이다. 각성 때는 무방비 상태가 되기 때문에 사막 오크 같은 든든한 이들이 필요했다.

신성은 거대한 구멍을 통해 보물 창고 안으로 들어갔다. 쌓여 있는 금화를 보는 순간 행복함이 밀려왔다. 이 금화로 발전할 세이프리가 상상되었다.

금화를 바라보던 신성은 인벤토리를 열었다. 심호흡을 하고 드래곤 하트 조각을 꺼내 손에 쥐었다.

휘이이!

신성의 드래곤 하트와 반응하며 마력이 휘몰아쳤다. 금화들이 사방으로 날리며 화려한 금빛을 뿜냈다.

[드래곤 하트 조각을 흡수합니다.]

드래곤 하트 조각에서부터 뿜어져 나온 막대한 마력이 신성의 드래곤 하트에 흘러들어 갔다. 드래곤 하트가 터질 듯이 뛰기 시작했다. 신성의 시야가 흐려지며 주변에 검은 공간이 나타났다.

처음에는 아무것도 보이지 않는 검은 공간이었다. 그러다가 빛이 터져 나오더니 환상적인 장관이 펼쳐졌다.

하늘을 찌를 것 같은 웅장한 산 위로 거대한 드래곤들이 날고 있다. 화려하게 빛나는 비늘과 푸른빛이 감도는 마력이 깃든 거대한 신체가 예술 작품처럼 아름다웠다.

떼를 지어 날아가던 드래곤들이 갑자기 양옆으로 갈라졌다.

'저건…….'

다른 드래곤과는 비교도 되지 않을 크기의 드래곤이 모습을 드러내더니 신성을 향해 날아왔다. 본 드래곤 따위는 어린아이로 보일 만큼 거대했다.

황금빛 비늘은 마치 황금을 깎아놓은 것 같았다.

신성은 지금 보고 있는 광경이 현실이 아님을 알고 있었다. 자신의 앞으로 날아온 드래곤의 마력을 느낀 순간, 드래곤 하트 조각의 주인이 바로 저 드래곤임을 깨달았다.

드래곤 하트 조각에 남아 있는 의지가 신성에게 이런 광경을 보여준 것이다.

'드래곤 로드······.'

그는 드래곤 로드였다.

그 의지로부터 강력한 힘이 신성에게 전해져 왔다. 자신의
모든 것을 전해주겠다는 의지가 담겨 있었다. 그러나 현재 신
성의 그릇으로는 그것을 모두 받아들일 수 없었다.

신성은 드래곤 로드의 힘을 받아들였다.

전신의 마력이 폭주하듯이 치솟았다. 온몸에 힘이 넘쳐나
고 있었다.

드래곤 로드가 거대한 날개를 펼치며 드래곤들 사이로 날
아갔다. 하늘에 거대한 문이 열리더니 드래곤들의 모습이 사
라져 버렸다.

풍경이 깨져 나갔다.

환상 속에서 빠져나오며 다시 보물 창고가 보였다. 신성의
주변으로 황금빛 실이 뭉쳐가고 있었다.

[2차 각성을 시작합니다.]

[인간의 피가 사라집니다.]

[인40 : 용60→용100]

신성의 몸에서 비늘이 돋아나기 시작했다. 자동으로 반룡
화 현신이 시작되며 온몸이 비늘로 덮였다. 그 순간 황금빛

실이 신성의 몸을 완전히 휘감았다. 주변에 금화가 떠오르며 실과 함께 거대한 알 형태로 변해갔다.

[진화가 시작됩니다.]
[루나가 축복하였습니다.]
[알 수 없는 존재가 축복하였습니다.]
[마족들이 긴장하기 시작합니다.]

신성의 몸을 중심으로 황금빛 기둥이 치솟았다. 하늘을 가르며 치솟은 기둥은 비르딕 어디에서도 볼 수 있을 만큼 밝았다.

*   *   *

제임스는 지구인이다. 정확히 말하면 미국인이라고 하는 것이 옳았다. 그러나 그가 일하고 있는 비르딕에서 출신 국가 따위는 중요하지 않았다. 그들에게 있어서 지구의 국가는 아무런 가치가 없는 것이었다.

'이곳에 온 건 행운이야.'

제임스는 그렇게 생각했다. 세계적인 굴지의 대기업에서 기술자로 일하면서도 만족감을 얻지 못한 그이다. 미국에서도 손꼽히는 연봉을 받고 모델인 여자 친구도 있었지만, 그의 마음을 충족시킬 수는 없었다.

그러나 지인 추천으로 온 이곳은 달랐다. 환타지 영화 마니아인 그에게 있어서 비르딕은 충격 그 자체였다. 현대적인 건축 장비는 없지만 엘프들의 정령과 오크들의 힘, 그리고 드워프들의 정교한 손기술이 합쳐지니 작업 속도가 대단히 빨랐다.

그리고 최근에는 마법사들이 마력 엔진이라는 것을 이용해 건축 장비를 만들어내고 있었다. 이것은 현대 문명에도 혁신이라 불릴 만한 것들이었지만 이곳에 있는 아르케디아의 사람들은 일상으로 받아들였다.

제임스는 아침 일찍 일어나 세계수를 바라보았다. 세계수는 한 달 사이에 훨씬 커져서 이제는 작은 빌딩을 보는 것 같았다. 세계수에서 은은하게 흘러나오는 빛은 야간작업에도 큰 도움이 될 만큼 밝았다. 지구인들 사이에서는 세계수가 공기를 정화해 준다는 소문이 있었는데 그 때문인지 항상 달고 살던 피부 트러블이 사라졌고 늘 고민이던 탈모가 해결되어 이제는 풍부한 머리카락을 지니게 되었다. 그리고 잠을 얼마 자지 않아도 늘 아침이 상쾌했다.

비르딕에 마련된 숙소에서 나온 제임스는 작업장으로 향했다. 작업장에는 제임스와 같은 미국 출신 작업자뿐만 아니라 아르케디아의 주민도 많았다. 듣기로는 대부분이 초보자라는데, 이곳의 보수가 상당히 높아서 아이템을 사기 위해 작업장에 왔다고 한다.

"오, 제임스 씨, 오늘도 일찍 나오셨군요."

"안녕하십니까, 반장님."

제임스는 작업반장인 드워프에게 공손하게 인사했다.

미국식 인사는 인사라고 볼 수 없을 정도로 공손했다. 반장이 그것에 만족하며 고개를 끄덕였다. 제임스는 처음 왔을 때만 해도 드워프의 모습에 적응이 되지 않았다. 어린아이 모습에 수염을 달고 있었는데 그들의 나이를 수염이나 머리카락의 색으로 가늠해야 했다.

'150살이 넘었다고 했나?'

제임스 앞에 있는 드워프는 세이프리에서 150년 동안 살아온 장인이었다. 150살이라는 나이는 그들에게 많은 나이가 아니라 아직 한창인 현역이라 한다.

제임스의 눈에 신비스러운 엘프들의 모습이 보였다.

지구의 그 어떤 모델과도 비교할 수 없는 완벽한 몸매를 지니고 있었고, 얼굴은 할리우드 스타가 눈에 들어오지 않을 정도로 예뻤다.

충격적인 사실은 저런 사기 같은 외모가 엘프들 사이에서는 평범한 축에 속한다는 사실이다.

지금 인터넷에 돌아다니고 있는 하이엘프의 사진은 많은 이들을 충격으로 몰고 갔다.

아름다움의 극치였기 때문이다.

나름 외모에 자신이 있던 여배우들이 SNS에 항복 선언을 할 만큼 대단했다.

항복 선언은 유행을 타기 시작했는데, 많은 배우가 백기를 들고 눈물을 흘리는 표정을 지으며 자신의 사진과 함께 하이엘프의 사진을 비교해 올리는 형식이었다.

자폭과도 같은 행위였지만 어쨌든 인지도를 올리는 데는 도움이 된 모양이다.

엘프뿐만 아니라 수인족이나 오크들의 모습도 여전히 화제가 되고 있었다.

영화에서 오크들은 적으로 나오는 것이 대부분이었지만 라스베이거스를 구해준 영웅이니 호감도가 상당했다.

제임스가 느끼기에도 그들은 호탕하고 순박했다. 절대 상대를 속이는 것 없이 솔직한 성격을 지녔다.

슬슬 작업이 시작될 시간이다.

모든 인원이 모이자 작업반장이 손뼉을 치며 입을 떼었다.

"자자, 오늘 하루도 힘냅시다! 완공 예정일보다 빨리 작업이 끝나면 보너스를 준다고 합니다!"

"오!"

"보너스!"

모두가 술렁였다. 하지만 제임스는 그가 속한 기업에서 돈을 받기 때문에 상관없는 이야기였다.

마력 코인이라는 것에 대한 가치는 계속해서 오르고 있었고, 그나 친구들도 기념으로 1C 정도는 가지고 있지만 일정 금액 이상 구매하려고 하면 관련 기관을 꼭 통해야 했다.

"자, 루나 님께 감사의 기도를 드리고 오늘 오전 일과를 시작합시다."

드워프의 말에 모두 여신 루나에게 기도했다. 제임스 역시 기도를 올렸는데 여신 루나는 기도에 반응해 주고 가끔 소원도 들어주었다. 어떤 불치병이 걸린 아이가 루나에게 기도했는데 루나의 축복이 내려져 병이 나았다는 사실은 이미 유명했다.

종교계에서는 여신 루나를 신으로 인정해야 하나 마느냐를 두고 설전이 있었지만 결국 인정해야 했다.

자칫 잘못해서 여신 루나를 자극하게 된다면 어떤 일이 일어날지 알 수 없었기 때문이다. 특히 언데드와의 싸움 이후에는 루나를 비판하는 이야기를 조금도 찾아볼 수 없게 되었다.

어쨌든 루나는 현존하는 신이었고 응답해 주는 신이었다. 루나의 신도들이 폭발적으로 늘어나는 것은 당연했다.

오전 일과가 시작되었다. 작업팀은 크게 두 팀으로 나뉘었는데, 기존 비르딕 시설물의 복구를 담당한 팀과 새로운 건물을 올리는 팀이었다.

제임스는 후자 쪽 팀에서 아카데미 건설에 참여하고 있었다.

"이걸 옮깁시다!"

"저리로 가면 되나요?"

"네!"

수인족 여성으로 보이는 작은 체구의 아르케디아인 둘이 거대한 자재로 향하더니 그대로 번쩍 들었다.

기계를 사용해서 옮겨야 하는 무게였는데 마치 가벼운 짐을 드는 것처럼 들고 이동했다. 이러니 작업 속도가 미치도록 빠를 수밖에 없었다. 오크들은 아예 거대한 기둥을 두 어깨에 짊어지고 다녔다.

제임스는 건축 현장을 바라보았다. 설계도 시스템이라는 것은 제임스를 충격에 몰아넣은 것 중 하나이다.

제임스 역시 설계도를 작성할 때 전문적인 지식을 전해줬는데 처음에는 그저 조금 특이한 일반적인 설계도인 줄 알았다.

하지만 아니었다.

설계도를 땅에 가져다 대는 순간 빛으로 이루어진 실선들이 나타났다.

그대로 조립하듯이 만들어내면 되는 것이었다. 그러니 초보라고 할지라도 어디에 뭐가 들어가는지 다 이해할 수 있었다.

'순조롭네. 작업 속도가 너무 빨라.'

제임스는 자재들을 가공하는 데 도움을 주고 있었다. 자재는 지구의 것이 많았으니 그것을 사용하는 데 전문 지식이 있는 제임스와 같은 자가 필요했다.

'잘하면 추천을 통해서 아카데미에 들어갈 수 있을 거야.'

아카데미 입학 인원을 비르딕에서 일하는 지구인 중에서 뽑는다고 하니 잘하면 아르케디아인이 될 수도 있었다. 그렇게 되면 자신의 지루한 인생은 흥미진진한 모험으로 가득 차게 될 것이다.

제임스가 구슬땀을 흘리며 일하자 벌써 점심시간이 다가왔다. 작업반장이 오전 작업 종료를 알리려는 순간이다.

두드드드드드!

주변 땅이 울리기 시작했다.

쌓아놓은 자재들이 무너질 만큼 진동이 강했다. 제임스가 지진이라고 생각하며 대피하려 하는데 모든 이가 한 곳을 보고 멍하니 서 있었다.

제임스도 모두가 보고 있는 방향을 향해 고개를 돌렸다.

"아……!"

자세를 낮추고 있던 제임스는 안전모까지 벗으며 멍하니 그 광경을 바라보았다. 비르딕의 중앙에서 치솟고 있던 황금빛 기둥은 제임스도 비르딕에 온 순간부터 보아왔다.

콰가가가가!

그러나 지금같이 찬란한 빛을 뿜어내지는 않았다.

비르딕 중앙에서 올라온, 마치 태양과도 같은 빛이 하늘로 치솟으며 상공에 있는 구름을 모조리 지워 버렸다. 황금빛 기둥에서 뿜어져 나오는 황금의 물결이 파도가 되어 비르딕의 상공을 뒤덮었다.

모두가 멍하니 넋을 잃을 만큼 환상적인 광경이었다.

그 순간 세계수가 반짝이더니 여신 루나와 신관들이 나타났다. 여신 루나의 열렬한 팬이던 제임스는 평소라면 기절했을 테지만 환상적인 광경에 혼을 빼앗겨 어떤 반응도 보이지 않았다.

쿠오오오오!

비르딕을 울리는 소리가 들려왔다.

그 소리는 마치 하늘이 찢겨 나가는 소리로 들렸다.

제임스는 그 소리를 듣는 순간 몸이 굳어 움직일 수 없었다. 영혼마저 장악당해 버리는 감각에 온몸에 공포가 치밀어 올랐다.

이대로 있다가는 그대로 녹아내려 사라질 것만 같아 너무나 두려웠다. 온몸이 식은땀으로 축축해졌다.

"괜찮아요."

아름다운 목소리가 들리는 순간 숨을 멈추고 있던 제임스의 호흡이 터졌다. 마음이 안정되며 차분하게 생각을 할 수 있게 되었다.

제임스는 간신히 고개를 돌려 옆을 바라보았다.

"루, 루, 루나?!"

"안녕하세요, 제임스 님? 아! 며칠 전에 여자 친구와 관계가 소원해져서 고민이라고 기도하셨죠?"

"아, 아, 예. 그, 그렇습니다."

"여자 친구를 이쪽으로 데려오셔서 하고 있는 일을 알려주면 어떨까요? 같이 붙어 있으면 사랑이 다시 싹틀 거예요."

"그, 그래도 됩니까? 회사에서는 기밀이라고……."

여신 루나가 환하게 웃자 제임스는 심장이 멎는 것 같은 착각이 들었다. 루나가 옆을 바라보자 화려한 복장의 신관이 다가왔다. 그는 제임스도 알고 있는 인물이었다.

미국 대통령보다도 유명하다는 김갑진이었다. 세이프리의 2인자로 알려진 그는 공개 석상에 자주 모습을 비추기 때문에 제임스와 같은 일반인에게도 얼굴이 알려져 있었다.

"문제없습니다. 몇 가지 약속만 해주시면 됩니다. 물론 약속을 어기게 될 시에는 몸도 영혼도 모두 갈가리 찢기게 되겠지만 말입니다.

김갑진의 말에 제임스는 오싹함을 느꼈다.

제임스는 갑자기 유명인들을 만나게 되자 도저히 꿈인지 현실인지 분간이 되지 않았다. 루나가 황금빛 기둥을 향해 고개를 돌린 순간이다. 황금빛 기둥을 타며 거대한 무언가가 치솟아 올랐다.

"저, 저, 저건……."

제임스는 덜덜 떨리는 눈으로 바라보았다.

압도적이다. 일순간 의식이 날아갈 정도로 짓눌러 버렸다. 보는 것만으로도 안구가 터져 버릴 것 같은 감각이다. 엄청난 존재감을 내뿜으며 하늘 위로 치솟은 것은 말로는 표현하기 힘들 정도로 아름다운 존재였다.

"드디어 깨어나셨군요."

루나의 말이 제임스에게 유난히 크게 들려왔다. 창공을 가르며 하늘 위로 치솟은 그 존재가 거대한 날개를 펴자 상공에서 폭풍이 휘몰아쳤다.

＊　　　＊　　　＊

신성은 황금 들판에 앉아 있었다. 이것이 꿈이라는 것은 알고 있었다. 드래곤 로드가 전해준 지식에 따르면 해츨링이 성룡으로 각성할 때 정서적 안정을 위해 기억을 변형하여 행복한 풍경을 만들어 보여준다고 한다. 이때 충격을 받아 깨어나게 되면 마룡 같은 포악한 존재가 되는 것이다.

안정적으로 성룡이 된다고 해도 기본적으로 드래곤의 성격은 더러웠다. 그들이 보는 행복한 기억은 상당히 거친 내용이었다. 하지만 신성은 인간이던 시절에 갖고 있던 기억이 있었다.

과일을 가득 담은 바구니를 할머니가 가지고 오고 있다. 루나 역시 바구니를 들고 있었는데 둘은 뭐가 그리 재밌는지 웃으면서 이야기를 하고 있었다. 김수정과 디아나는 과일을 따다가 신성을 보며 손을 흔들었다. 경운기를 몰고 온 김갑진이 불평불만을 해대는 것이 보인다.

그저 계속해서 보고 싶은 광경이다.

신성은 인간의 육체가 사라지더라도 이 광경을 절대 잊지 않을 것을 다짐했다. 드래곤이 되는 것일 뿐이지 자신을 잊는 것은 아니었다.

슬슬 깨어날 때가 되었다고 생각했다. 풍경이 무너져 내렸다. 신성은 드래곤으로서 자신의 이름을 정해야 함을 깨달았다.

"이신성, 바꿀 마음 없어."

인간이든 드래곤이든 자신에게 변한 것은 없었다. 이름은 하나로 족했다. 다른 이름을 떠올리는 것이 귀찮기도 했다.

이름이 정해지자 온몸에서 들끓는 힘이 느껴졌다. 신성은 웅크린 몸을 폈다.

콰득!

황금빛으로 이루어진 실들이 뜯겨져 나가며 마력이 치솟았다. 너무나 개운한 기분에 기지개를 켜자 절로 드래곤 하울링이 나가며 주변을 뒤흔들었다.

신성은 살짝 놀라며 자신의 몸을 바라보았다. 거대해진 몸이 느껴졌다. 일반적인 드래곤을 떠올리면 도마뱀이 생각나겠지만, 그의 몸은 달랐다. 황금빛과 은은한 푸른빛을 머금고 있는 몸은 예술품에 가까웠다.

누구라도 넋을 잃을 만큼 아름다운 모습이었다.

[축하합니다! 2차 각성이 끝났습니다.]

[지구에서 드래곤이 탄생하였습니다. 이 기쁜 소식은 차원을 넘어 모든 곳에 알려질 것입니다.]

*성룡이 되어 대량으로 레벨이 상승합니다. 레벨 150이 되었습니다. 막 각성한 성룡의 최소 레벨입니다.

*드래곤 레어의 등급이 상승합니다. 새로운 물품들이 드래곤 레어에 출현합니다.

*드래곤 나이트의 능력이 향상됩니다.

*스텟의 한계가 높아집니다.

[스킬 정보가 업데이트되었습니다.]

*드래고니안 스킬이 드래곤 스킬로 바뀝니다.

[C] 드래곤

드래곤의 신체. 드래곤의 능력을 상승시킨다면 성룡에서 벗어나 더 높은 계급의 드래곤이 될 수 있다.

*[C] 드래곤의 비늘[0/1,200P]

*[C] 드래곤의 뼈[0/1,200P]

*[C] 드래곤의 근육[0/1,200P]

(한 랭크 당 30스텟 상승)

드래고니안이 드래곤으로 바뀌면서 많은 것이 상승했다. 정보창이 신성의 눈앞에 떠올랐다. 드래곤 상태에서는 팔찌가 사라졌지만 실시간으로 정보창이 보였고, 의지를 일으키는 것만으로도 인벤토리를 열 수 있었다.

신성은 거대한 몸을 일으켰다. 본 드래곤만큼 커진 자신의 몸이 전혀 어색하지 않았다. 오히려 예전에는 어떻게 생활했는지 의문이 들 만큼 너무나 익숙했다.

신성은 용언 마법이 떠올라 마력을 일으키며 의지를 불어넣었다.

[날아라.]

몸이 공중으로 뜨는 정도라 생각했지만 벌어진 상황은 달랐다.

콰앙! 휘이이이!

천장을 더욱 크게 부수어 버리며 엄청난 속도로 하늘로 치솟았다. 당황한 신성이 정신을 차렸을 때는 비르딕이 한눈에 보일 정도로 높은 상공에 도달해 있었다. 더 치솟는 것을 막기 위해 날개를 펼치자 마력 폭풍이 몰아치면서 신성의 몸이 멈추었다.

드래곤의 감각으로 주변의 변화가 모두 느껴졌다. 마력의 흐름이 눈에 보였고, 바람의 미세한 변화조차 감지해 낼 수 있었다.

신성이 마력을 일으키자 바람이 일제히 신성의 의지를 따르기 시작했다. 잠잠하던 상공에 폭풍이 몰아치며 구름이 밀려왔다. 드래곤이 되어 확장된 의지력은 주변 환경에 영향을 줄 만큼 강대했다. 어째서 용언을 쓸 수 있는지 이해가 되는 대목이다.

신성의 몸엔 금빛이 감돌고 있었다. 은은하게 감도는 푸른 빛과 합쳐져 환상적인 광경을 연출해 내고 있었다.

지금의 모습도 충분히 강력했지만, 속성을 전환해 홍염룡이나 암흑룡이 된다면 파괴력이 비약적으로 상승할 것 같았다. 그만큼 페널티도 있지만 예전에 비할 바가 아니었다.

비장의 무기인 악룡신 강림은 되도록이면 쓰지 않는 것이 좋았다. 페널티를 떠나 몸의 부담이 너무 심하기 때문이다.

신성은 자유롭게 하늘을 날았다. 비공정과는 비교도 되지 않을 속도를 낼 수 있었지만 여유롭게 하늘을 휘저을 뿐이다.

비르딕에서 루나가 느껴졌다. 자신이 깨어났음을 알고 찾아온 것이 분명했다. 신성은 고도를 낮추며 비르딕으로 향했다. 오크들이 신성의 모습이 보이자 주먹을 치켜들며 환호성을 내질렀다. 아르케디아인들은 멍하니 신성을 바라보고 있었고, 일반인들은 바닥에 주저앉아 넋을 잃었다.

신성의 몸이 워낙 커서 이대로 착륙한다면 건설 중인 건물이 무너질 것이다.

[변해라.]

용언으로 말하자 신성의 몸에 빛무리가 휘감기더니 점점 작아지기 시작했다. 루나의 앞에 착지할 때쯤엔 신성의 몸이 예전처럼 작아져 있었다.

빛무리가 사라지며 드러난 것은 화려한 복장의 신성이었다.

드래곤이 다른 종족으로 변할 경우 그 종족에 맞는 옷이 자동으로 생성되어 입혀지게 되었다. 드래곤을 상징하는 옷이니 화려한 것은 당연했다.

신성은 변신 마법을 시험해 보려 평소와는 다른 종족으로 변해보았다. 바로 하이엘프였다.

[A] 용혈의 하이엘프

드래곤이 변신한 하이엘프.

드래곤이 변신했기에 일반적인 하이엘프를 넘어선 존재이다. 엘프들 사이에서는 전설 속의 하이엘프로 불리고 있다. 기록에 따르면 엘프들의 출산율 상승에 막대한 도움이 되었다고 알려져 있다.

드래곤의 특성을 전부 지니고 있고 하이엘프의 종족 특성 역시 익힐 수 있다.

드래곤 로드의 조언

"성룡이 되어 첫 유희를 시작할 경우에는 엘프를 추천한다. 어린 드래곤이여, 바람이 되어라! 내 의지가 너와 함께할 것이다!"

*[A] 유혹의 향기 : 엘프들을 매료시키는 향기가 감돈다. 드

래곤 로드가 자신의 수명을 깎아 드래곤 하트에 그러한 권능을 부여했다.

신성은 어이가 없어 한숨을 내쉬었다. 루나가 자신을 멍하니 바라보고 있는 것이 보였다.

"신성 님! 멋져요!"

"그래? 음, 역시 본체보다는 조금 어색해."

루나의 눈빛이 반짝반짝하게 빛나고 있었다. 이것저것 변신해 보라고 시킬 것이 분명했다.

신성이 시선을 돌려 엘프들을 바라보자 엘프들이 털썩 주저앉았다. 안 그래도 두근거려 죽겠는데 신성의 눈빛에 아찔함을 느낀 탓이다. 신성은 작게 고개를 젓고는 용언을 사용해 인간으로 변했다. 기본적으로 전과 같은 모습이었지만 외모는 더 화려해졌고 육체의 스펙은 더 올랐다. 드래곤의 신체에 영향을 받았기 때문이다.

온전한 힘을 다 낼 수는 없었지만 드래고니안이던 시절보다 훨씬 강력했다.

'종족 특성을 익힌다면 더 강해지겠지.'

드래곤의 모습과 다른 종족의 모습을 전략적으로 사용해야 했다. 여러 가지 특성을 익힌다면 레벨 업에도 탄력이 붙을 것이고 드래곤의 힘을 더욱 다양하게 개화시킬 수 있을 것 같았다. 게다가 세이프리에도 큰 도움이 될 것이다.

"음, 그 변신 마법으로 여러 가지 계획을 세울 수 있을 것 같습니다."

김갑진이 진지한 표정으로 신성을 바라보며 말했다.

"계획?"

"가령 하이엘프들을 유혹해서 엘브라스를 꿀꺽 삼키거나……."

"진담이냐?"

김갑진이 씨익 웃었다.

"반쯤은요."

김갑진은 날이 갈수록 사악해지는 것 같았다.

오늘은 세이프리의 수호룡이 탄생한 기념일이 되었다. 루나 교에서는 일주일간 축제 기간임을 선포했고, 모두가 즐기는 축제가 탄생했다.

CHAPTER 7
단합 대회 I

세이프리는 하루가 다르게 바뀌었다.

비르딕의 돈을 충분히 활용하여 발전해 나가고 있었다.

영토를 늘려 대규모 주거지를 추가하자 세이프리는 안정세에 들어갔다.

여러 가지 복지시설도 들어설 예정이니 삶의 질도 예전과는 비교할 수 없이 올라갈 것이다.

비르딕이 도시로서 모습을 갖추어가자 신성은 비르딕의 이름을 바꾸었다.

비르딕은 과거의 이름이 되었고, 지금은 신루로 불리고 있었다. 이름은 단순하게 정해졌는데 신성의 신과 루나의 루를 따서 신루라고 정한 것이다.

신기루라는 뜻도 있어서 도시의 이름치고는 그리 좋지 않았지만 루나가 대단히 만족해해서 신성은 그냥 넘어갔다. 아르케디아인들은 신루를 두고 신성한 루나의 도시라고 뜻풀이를 했다.

세이프리와 마찬가지로 신루는 루나가 큰 영향력을 행사하는 도시였다. 비르딕 중앙에 세워지고 있는 루나의 동상은 신루의 대표적인 상징이 되었다.

세이프리와 신루는 서로 연동하여 발전해 나갔다.

세이프리의 초보자들은 장비를 맞추기 위해 신루로 모여들었고, 세이프리 마석을 졸업한 40레벨 이상의 아르케디아인들은 스킬 습득과 레벨 업을 위해 신루에 머물게 되었다.

임시로 만들어놓은 전투 교습소에서는 상위 스킬을 배울 수 있어 신루로 몰리는 아르케디아인이 많았다. 게다가 오크들을 스승으로 모시게 되면 전갈 탑승이나 전투 스킬을 배울 수 있었는데 높은 레벨로 가기 위한 관문처럼 여겨지고 있었다.

마력 코인을 내고 세계수를 이용하면 언제든지 세이프리와 신루를 오갈 수 있기 때문에 이동에 대한 부담은 전혀 없었다. 특히 세이프리 주민들에게는 이용료에 대한 세금을 부과하지 않았고, 다른 도시 소속의 사람들이 이용하기에는 세금이 부담스러울 정도로 높았다. 그러나 너무나 편리했기에 신루를 방문하기 위해서 울며 겨자 먹기로 이용하고 있었다.

대도시들은 세계수를 분양받기 위해 벌써 물밑 작업을 벌이고 있었다.

세계수를 이용하여 이동할 때는 반드시 세이프리를 통과하게 할 생각이다.

그럼 요금은 두 배가 될 것이고, 세이프리의 유동 인구를 자연스럽게 늘릴 수 있었다.

'아카데미는 거의 완공되었고 마탑과 대도서관도 복구가 되었지. 마도 공학 기술연구국의 대량생산 라인만 제대로 가동되면……'

세이프리에서 생산된 비공정은 총 넉 대였다.

현재 소도시들과 무역협정을 하여 소도시들을 오가고 있었다.

소도시에서 오는 특산품은 세이프리 주민들의 만족도를 높여주고 장비의 질을 더욱 좋게 만들어주었다.

현재 운영되는 비공정은 모두 소형 비공정이었다.

연구실에 딸려 있는 제조실에서 만들었기에 소형이 한계였다. 그러나 신루의 대량생산 라인만 가동된다면 중형 마력 엔진뿐만 아니라 중형 이상의 비공정도 제작할 수 있을 것이다.

소형 마력 엔진 정도만 대량으로 생산되더라도 아르케디아 인의 세계관은 크게 바뀔 것이 분명했다.

신루는 개방 도시를 지향하는 만큼 현대 문물과 조화롭게 발전해 나갈 생각이다.

현재 김갑진의 주도 아래 여러 대기업과 마도 공학 기술이 들어간 제품에 대해 연구 중이었다.

신성은 현재 세이프리에서 나와 이동 중이었는데 한국에서 개최되는 세계에서 가장 큰 행사를 앞두고 있었다.

바로 단합 대회였다.

그저 전략적인 목적으로 단합을 도모하려고 한 대회였지만 규모가 점점 커지더니 미국과 여러 선진국, 그리고 누구나 알 만한 대기업이 전폭적으로 지원해 왔다.

언데드 사건도 있고 해서 세이프리에게 잘 보이려는 의도였 다.

그리고 신루가 미국에 있으니 상호 협조 아래 세계를 주도 해 나가자는 계산이 깔려 있었다.

김갑진은 정치적인 목적은 어찌 되었든 일단 도움만 되면 되니 그들의 제안을 거절하지 않았다.

신성이 김갑진에게 단합 대회의 모든 권한을 맡긴 결과가 바로 지금의 단합 대회였다.

이제는 아르케디아인, 그리고 지구인의 거대한 축제가 되어 버려 미룰 수도 없었다.

세계인의 축제라 불리는 올림픽이나 월드컵과도 비교할 수 없을 정도로 대단한 규모였다. 준비 기간이 짧았지만 그만큼 모두가 치열하게 준비를 했다고 하니 신성의 부담감은 더욱 심해졌다.

'세이프리를 얕본 건 나일지도 모르겠군.'

신성은 정보창을 닫고 한숨을 내쉬었다. 신성이 타고 있는 차는 미국 대통령이나 탈 법한 고급 차였는데 차 주위로 사슴을 타고 있는 엘프들이 경호하고 있었다. 그리고 덩치가 커다란 수인족들이 경호원으로 주변에 배치되어 있었다.

호위들은 능력보다는 외관에 중점을 둔 아이템을 두르고 있었다. 제국의 기사단보다 휘황찬란한 모습을 보여주고 있었다.

신성에게 호위 따위는 필요하지 않았지만 일단 위치가 위치이다 보니 김갑진이 준비한 것이다.

"연설 준비는 되셨습니까?"

김갑진의 말에 신성은 한숨을 내쉬었다.

"생략하면 안 되나?"

"전 세계로 방송되는 자리입니다. 아르케디아인들에게 협조적인 분위기를 만드는 것이 각하의 계획이 아니었습니까? 이번 기회를 잘 이용하면 향후 마계와의 싸움에도 많은 협조를 받을 수 있을 겁니다."

"협조라……."

협조를 빙자한 공갈과 협박이라 봐도 무방했지만 어쨌든 지구인의 민심은 중요했다. 지구인들이 루나를 지지한다면 루나의 신성 랭크가 빠르게 오를 것이고, 상급 신을 넘어 주신의 자리에 오를 수도 있었다.

'주신이 되면… 신을 만들 수 있다고 했나?'

아르케디아 온라인 설정에 나와 있었다. 주신은 하급 신을 임명하거나 만들 수 있었고, 신들에게 자연이나 재해 같은 것을 주관하게 만들 수 있었다.

하급 신인 신성 역시 주신의 자리에 오를 수 있었지만, 신성은 그런 쪽에는 그다지 욕심이 없었다. 드래곤으로서 성장하기에도 바빴다.

김갑진의 목표는 루나를 주신으로 만드는 것이었다.

"루나 님이 주신이 되신다면 지구는 좀 더 평화로워질 것 같습니다."

"루나라면 그렇겠지. 절대 선은 그녀밖에 존재하지 않으니."

"어쩌면 인류가 등장한 이래 끊임없이 발생하던 전쟁이 없어질지도 모르겠군요."

"메인 퀘스트가 끝날 때까지 지구가 남아 있다면 말이지."

신성의 말에 김갑진이 고개를 끄덕였다. 신성은 기지개를 켜며 뻐근한 목을 풀었다. 연설문을 검토하던 신성은 다시 한숨을 내쉬며 고개를 저었다.

"후, 골치 아프군. 차라리 본 드래곤이랑 싸우는 것이 더 편할 것 같아."

"드래곤도 되셨으면서 너무 약한 소리를 하시는군요."

김갑진의 말에 신성은 피식 웃고는 다시 연설문을 바라보았다.

여러 가지 처리할 일이 많은 신성은 늦게 출발했고, 루나와 신관들은 미리 가 있었다.

개막식 때 루나가 화려하게 등장한다고 하니 기대가 되었다.

신성이 알려달라고 했지만 루나는 끝까지 비밀이라며 버텼다. 밤새 집요하게 괴롭혀도 루나의 의지력은 강력했다.

아무튼 밀린 일을 처리하느라 늘 바쁜 신성이었다. 차라리 본 드래곤과의 싸움이 그리워질 정도였다.

개막식이 시작되는 곳은 서울 올림픽 주경기장이었다. 단합 대회를 준비하며 아르케디아의 기술로 개조되었는데 밤을 밝히는 조형물들이 공중에 떠 있었다.

그 환상적인 광경은 단합 대회 시작 전부터 연일 화제가 되었다.

경기장으로 들어가기 전부터 신성은 막대한 관심을 받았다.

라스베이거스를 구한 영웅이었고 엄청난 매력 덕분에 루나와 비견될 만큼 인기가 있었다. 게다가 대외 활동을 잘 하지 않아 신비에 싸여 있었으니 그 정도 관심은 당연했다.

아르케디아인이 만든 팬 사이트는 해외 팬들까지 가입할 정도로 대단히 커졌다.

팬클럽 회장은 크리스탈이라는 닉네임을 갖고 있었는데 비밀에 싸여 있었다.

아무튼 현재 가장 화제가 되는 인물은 루나와 신성, 그리고 에르소나, 김갑진이었다. 에르소나의 도움으로 엘브라스에서 머물고 있는 아인트 역시 유명했지만, 위의 네 명에 비할 바는 아니었다.

차에서 내린 신성은 세이프리 호위단의 호위를 받으며 경기장 안으로 들어섰다.

경기장은 이미 만석이었다. 아르케디아인뿐만 아니라 일반인들 역시 자리를 채우고 있었다.

세이프리의 치안을 책임지는 세이프리 기사단과 세이프리의 주민들로 구성된 치안부대가 경기장 구석구석에 배치되어 있었다.

안전지대라 전투가 금지되어 있기는 하지만 혹시 모를 상황에 대비한 것이다.

세이프리의 규모가 커진 것만큼이나 범죄 행위에 대한 제재 또한 이루어졌는데 세이프리 밖은 김갑진의 관리 아래 신관과 치안부대가 담당하고 있었다.

신성이 경기장에 모습을 드러내자 환호성이 가득하던 경기장에 침묵이 내려앉았다.

신성의 존재감이 경기장을 가득 메운 이들을 짓누른 것이다. 숨이 막힐 것 같은 기세에 모두가 긴장하며 신성을 바라보았다.

드래곤이 되어 더욱 강해진 존재감은 사람의 마음을 지배하는 힘을 지니고 있었다.

'많군.'

신성은 단합 대회를 전혀 신경 쓰지 못했지만 생각보다 대단히 많은 준비를 한 모양이다.

신성이 정해진 자리로 가자 지구의 정상들, 그리고 대도시의 대표들이 일어나며 신성을 맞이했다. TV로만 보던 인물들을 직접 보니 대단히 신기했다.

각국의 정상들은 무척이나 긴장했다.

그들은 신성이 어떤 위치인지 알고 있었다.

다른 대도시의 대표들이 긴장할 정도의 인물이다.

아부성 멘트를 준비한 이들은 한마디도 못 하고 숨을 몰아쉬었다.

김갑진은 주변 반응을 보며 속으로 웃었다.

'신성 님도 루나 님만큼이나 유명해져야 해.'

암흑 신전은 어둠을 담당했다. 그곳에 도사리고 있는 것은 지구의 추악한 그늘을 지워 버릴 만한 어둠이었다.

악신의 보좌관이기도 한 김갑진은 그 부분을 잘 알고 있었다. 김갑진은 악신의 보좌관으로서 암흑 신전의 집회에도 참여하고 있었다.

악신의 신도들 사이에서 김갑진은 악신의 대리자 디아블로라고 불리고 있었다.

신성은 루나만이 필요하다고 생각하고 있지만 김갑진은 신성 역시 신으로 존재하여야 한다고 생각했다. 드래곤의 특성상 악으로 물들지 않으니 악에 관한 힘을 이용하여 세계를 조화롭게 만들 수 있었다.

신성의 인지도 작업은 김수정과 이미 상의가 된 부분이다.

'역시 쑥쑥 오르는군. 이제 슬슬 암흑 신전을 증축하고 지구에 뿌릴 홍보 전단을 만들어야겠어.'

신성의 매력은 극에 달해 있다고 표현해도 부족할 정도이니 이렇게 외부에 나온 것만으로도 인지도가 쑥쑥 올랐다.

김갑진은 몰래 신전의 정보창을 바라보며 속으로 웃었다.

신성이 자리에 앉자 개막식이 시작되었다.

*　　　　*　　　　*

KBC는 제1회 지구 평화 단합 대회에서 가장 주목을 받는 방송국이다. 그도 그럴 것이 전직 아나운서인, 지금은 초보 아르케디아인인 배진수가 특별 해설로 참여했고 프리로 전향하면서 인기가 폭발적으로 올라간 김성진이 캐스터로 참여했기 때문이다.

과거에 둘은 이미 호흡을 맞춘 적이 있는데 시청자들에게 꽤 호평을 받았다.

'열기가 장난 아니네.'

김성진은 중계석에서 경기장을 바라보며 감탄했다. 많은 중계를 해봤지만 이 정도 열기를 보여주는 행사는 없었다. 좌석을 꽉 메운 관중들은 계속해서 환호하며 축제의 분위기를 이어가고 있었다.

환한 웃음을 머금고 있는 엘프들이 계속해서 화면에 잡히고 있었다.

경기장 상공에 떠 있는 거대한 창은 세이프리의 마법사들이 구현한 화면이다. 마치 바로 앞에서 보는 것 같은 생생한 화질을 자랑했고, 그 크기가 대단히 컸다. 마법이라는 것을 받아들일 정도로 세계는 변했다.

김성진이 배진수를 바라보았다.

"요즘 좋아 보인다?"

"아, 뭐, 살 만합니다. 하하!"

"저번엔 꽤 위험했다지?"

"라스베이거스 때요? 말도 마세요. 비상 걸리고 난리가 났죠. 아마 상황이 더 심해졌으면 저도 라스베이거스에 갔을 걸요?"

배진수는 세이프리의 초보자 복장을 하고 있었는데 그 복장으로 서울을 활보하면 인기를 체감할 수 있다고 한다.

요즘은 세이프리에 들어가 사는 것이 꿈이라고 말하는 사람들도 많았다.

사람들에게 그곳은 누구나 행복하게 살 수 있는 유토피아라고 인식되고 있었기 때문이다.

김성진은 이런저런 이야기를 나누며 준비를 했다. 일정을 꼼꼼히 체크하며 혹시 모를 사태에 대비했다.

다른 중계석을 바라보니 세계 각국에서 몰려온 중계진이 흥분을 가라앉히지 못하며 열정적으로 방송하고 있었다. 아직 시간이 꽤나 남았음에도 말이다.

한동안 기다리자 드디어 방송이 시작되었다. 간단한 인사 멘트와 함께 방송이 시작되었다. 두 사람은 모니터를 바라보며 이야기를 나누었다.

[대단한 광경입니다. 이곳이 서울인지 아니면 영화 속인지 구별을 할 수가 없습니다. 아! 저분들은 누구인가요?]

[네, 대도시 소론의 대표 위원들입니다. 각 종족의 대표로 구성되어 있습니다. 세계적인 축제이니만큼 모두 자리해 주셨군요. 묘인족 대표인 실린 님은 수인족 최고의 드루이드라 알려져 있습니다.]

모니터에 좌석에 앉아 있는 소론의 대표들이 보이자 배진수가 설명해 주었다.

이어 화면은 소론 대표 옆에 있는 엘프들을 비추었다.

모니터 화면은 상공에 떠 있는 경기장 화면과 연동되고 있으므로 관중들도 화면을 보고 있었다.

우아한 엘프들의 호위를 받으며 앉아 있는 소녀가 보이자 관중들이 환호했다.

[엘브라스의 여왕 엘레나 엘브라스 님입니다. 순혈의 하이엘프로서 엘프들의 압도적인 지지를 받고 있습니다.

최근에는 세이프리에서 장기간 체류하며 평화에 앞장서고 있습니다.]

[네, 빛나는 외모만큼이나 그 마음마저도 아름다운 것 같습

니다. 엘프들은 다가가기 힘들다는 말이 있던데 실제로는 어떻습니까?]

[엘브라스 소속은 그런 편입니다. 그들은 변화보다는 안정을 좋아하고 감정보다는 이성이 앞서는 종족입니다. 물론 세이프리 소속 엘프들은 다릅니다. 친화력이 무척이나 좋지요.]

화면에 비친 엘프들의 모습은 너무나 아름다웠다.

엘레나는 엘프 여왕답게 극에 달한 귀여움과 아름다움을 겸비하고 있었고, 호위하는 엘프들조차 멍하니 바라봐야 할 정도로 아름다운 모습이었다.

전문가들은 미의 기준이 엘프들의 등장 전과 등장 후로 나뉜다고 입을 모아 말했다.

김성진은 잠시 말을 멈출 정도로 정신을 빼앗겨 버렸다. 그러나 프로답게 빠르게 정신을 수습하고 매끄럽게 중계를 이어갈 때다.

누군가 등장하자 경기장 전체에 정적이 감돌았다. 마치 시간이 정지한 듯 모두가 말을 잃었다. 화면이 비추었지만, 한동안 아무도 말을 하지 않았다.

"와아아아!"

모두가 침묵하는 가운데 그가 자리에 앉자 폭발적인 함성이 터져 나왔다.

[세, 세이프리의 수호룡이십니다! 라스베이거스를 구한 영웅이시자 현재의 이 평화를 만든 전설적인 존재이십니다! 현재의 세이프리는 수호룡께서 만드셨다고 봐도 무방합니다! 저분이 계시는 이상 지구는 안전할 것입니다!]

　[대, 대단합니다! 대단하다는 말밖에 할 수가 없습니다! 말로는 표현하지 못할 그런 오싹함이 느껴져 옵니다!]

　[네, 이 경기장에 있는 모두가 압도당했습니다! 저도 숨이 막혀 죽을 것만 같습니다!]

　[기립 박수가 터져 나옵니다! 현장에 있는 모든 이가 예의를 갖추어 맞이하고 있습니다!]

　관중 모두가 자리에서 일어나 라스베이거스를 구한 영웅을 맞이했다. 세이프리의 수호룡의 옆자리는 비어 있었다. 그곳에 누가 앉을 것인지는 모두가 다 알고 있었다.

　그러나 왜인지 아직 등장하지 않고 있었다.

　세이프리의 수호룡이 등장하고 얼마 뒤 본격적인 개막식이 시작되었다.

＊　　　　＊　　　　＊

　경기장의 모든 불이 꺼지며 어두워졌다. 경기장 하늘에 떠 있는 수정들이 내뿜는 빛도 희미해지기 시작했다. 어둠이 내려앉자 관중들의 소리도 점점 조용해졌다. 이제 본격적인 개막식이 시작된다는 것을 알고 있기 때문이다.

[개막식이 시작되었습니다! 역사적인 순간입니다!]

[네, 개막식은 세이프리가 직접 준비하였습니다. 오늘 최고의 개막식을 보시게 될 것이라 자신할 수 있습니다. 제가 준비 과정을 살짝 봤는데 정말 대단했습니다.]

[하하! 그럼 두 눈을 크게 뜨고 지켜봐야 할 것 같습니다.]

김성진과 배진수는 호흡이 잘 맞았다. 김성진이 노련하게 대화를 이끌고 배진수가 해설을 하자 듣는 이들 모두가 고개를 끄덕였다.

모두가 기대에 가득 찬 순간이었다.

경기장에 푸른 빛무리에 둘러싸여 있는 소녀들이 등장했다. 소녀들은 경기장을 맴돌다가 아름다운 춤을 추며 하늘로 날아올랐다.

모든 이가 저 소녀들이 사람이 아님을 금세 깨달았다. 저 아름다운 푸른 빛깔을 내뿜으며 하늘을 날고 있는 소녀들이 사람일 리가 없었다.

[바람의 중급 정령입니다. 정령들이 춤을 추고 있습니다.]

[아름답습니다. 하늘에서 빛나는 꽃이 떨어져 내립니다.]

아름다운 바람의 정령들은 마력으로 이루어진 꽃을 경기장 가득 뿌렸다. 꽃들은 버프 효과를 지니고 있어 경기장의 모든 이가 몸이 가벼워진 느낌을 받았을 것이다. 환상적인 광경에 모든 이가 넋을 잃을 때쯤 음악 소리가 들렸다.

그것은 기존의 음악과 달랐다. 무언가 사람의 감정을 흔드는 매력이 존재했다.

절로 흥겨워하며 어깨를 들썩였다.

은은한 빛으로 물든 경기장에 여러 악기를 든 자들이 연주를 하며 나타났다. 마치 빛을 실로 뽑아 짠 듯한 화려한 복장을 하고 있었다.

"와아아아!"

환호성이 터져 나왔다. 저들은 바로 바드였다. 서포터 계열인데 버프 효과가 뛰어났기에 파티 사냥에서 인기가 많았다.

바드들이 연주를 하자 음표들이 하늘로 치솟으며 화려하게 터져 나갔다. 음표들이 터질 때마다 아름다운 소리가 경기장을 가득 메웠다.

[하늘에 음표들이 날아다닙니다! 꿈속에 있는 기분입니다!]

[아름다울 뿐만 아니라 신체 능력을 올려주는 버프가 있습니다. 아마 이 경기장에 계신 모든 분이 느끼실 수 있을 겁니다.]

[그러고 보니 힘이 치솟는 것 같습니다! 중계를 하러 와서

이런 호강을 하게 될 줄은 몰랐네요!]

순식간에 음악의 느낌이 바뀌기 시작했다.

사람의 심장을 두근거리게 하는 빠른 음악으로 바뀌었다. 북소리가 울려 퍼지자 관중들은 마치 전쟁터의 한복판에 있는 듯한 느낌을 받았다. TV로 보고 있는 시청자들도 마찬가지일 것이다.

음악이 고조되고 있는 가운데 갑옷을 입은 자들이 등장했다.

마치 기사와도 같은 이들이 경기장 양쪽에서 열을 맞춰 나왔다.

한쪽은 붉은 망토를 두르고 있고 다른 한쪽은 푸른 망토를 두르고 있었다. 영화 속에서 그대로 튀어나온 듯한 모습에 모두가 시선을 빼앗겼다.

음악이 절정으로 치닫자 경기장을 가득 채운 함성과 함께 서로가 서로에게 달려들었다.

[전쟁이 시작되었습니다! 연기인지 실제인지 도저히 분간이 되지 않습니다!]

[하하! 실제라고 하더라도 부활할 수 있으니 걱정하지 마세요!]

엘프들의 검과 수인족들의 도끼가 부딪치며 화려한 스파크가 튀겼다. 날카로운 무기가 아슬아슬하게 상대의 몸을 스치고 지나갔다.

머리카락이 잘려 나가는 모습이 화면에 클로즈업되자 모두
가 비명 섞인 감탄을 내뱉었다.

조마조마한 것은 김성진 역시 마찬가지였다.

지금까지 봐온 어떤 액션 영화도 명함을 못 내밀 정도였
다.

살기라는 것이 피부에 느껴지자 닭살이 돋으며 절로 다리
가 떨렸다. 그는 캐스터라는 본분도 잊고 침묵하며 전투를 지
켜보았다.

쾅아앙!

거대한 몸을 지닌 호인족 전사가 망치를 휘두르자 붉은빛
이 번쩍 터져 나가더니 주변에 있던 엘프들이 사방으로 튕겨
나가며 쓰러졌다. 반대편에서는 엘프가 검을 휘두르자 수인족
들이 그대로 바닥에 쓰러졌다. 엘프와 호인족 전사의 눈이 마
주친 순간 서로를 향해 달려들었다.

쾅앙!

캉! 텅!

무기 부딪치는 소리에 경기장이 들썩거렸다.

무기가 부딪칠 때마다 화려한 이펙트가 번쩍였고, 마력의
돌풍이 공중에 휘몰아쳤다. 진짜 서로를 죽이려고 하는 것처
럼 보였다.

휘이이!

마지막 공격을 준비하는 듯 둘의 무기에 난폭한 기운이 서리기 시작했다. 관객들은 개막식이라는 것도 잊은 채 식은땀을 흘리며 바라보았다.

콰가가!

엄청난 소리와 함께 서로의 공격이 부딪치며 둘 다 크게 뒹굴었다.

순간 장내에 슬픈 음악이 깔리며 모두의 마음이 슬픔으로 물들었다.

바드의 음악은 관중들의 마음속으로 파고들어 그 마음을 움직였다.

내성이 없는 일반인은 듣는 것만으로도 눈물을 흘릴 것이다.

김성진의 눈에서도 눈물이 흐르는 순간이다. 음악이 잔잔하게 바뀌었다.

파아앗!

경기장 중앙에서 찬란한 빛의 기둥이 치솟았다. 하늘 끝까지 올라간 빛의 기둥이 밤하늘을 밝히며 주변 구름을 지워 버렸다.

모두가 경악하며 입을 떡 벌렸다. 빛의 기둥이 흩어지기 시작하더니 마치 눈이 내리는 것처럼, 별이 쏟아지는 것처럼 빛이 내리기 시작했다.

경기장에 입장하지 못하고 경기장 밖에서 지켜보던 사람들도 멍하니 하늘을 올려다보았다.

[하늘에서 빛이 내리고 있습니다!]

[정말 마음이 따뜻해지는 빛입니다!]

절로 차오르는 따스한 마음에 정신을 차린 김성진이 말하자 배진수가 대답했다.

너무나 아름다운 광경이었다.

하늘에서 내리는 빛들은 사라지지 않고 바닥에 쌓이며 은은한 빛을 뿌렸다.

관중들이 손을 뻗어 빛을 잡는 모습이 화면에 잡혔다.

관중들의 손에 닿은 빛은 몸속으로 스며들면서 사라졌다. 가장 놀라운 일은 사고를 당해 경기장 한쪽에서 휠체어에 앉아 있던 관중이 매우 놀라더니 벌떡 일어난 것이다. 그리고 몸이 안 좋던 자들도 모두 회복되었다.

훗날 언론에서는 이를 두고 빛의 기적이라고 떠들어댔다.

성스러운 음악이 울려 퍼지자 백의를 입은 신관들이 나타났다. 신관들은 선율에 맞추어 기도문을 읊었다.

신관들의 기도문은 성스러웠다.

경건한 분위기에 모두가 자신이 지은 죄를 생각하며 부끄러워할 때였다.

신관들 중에 푸른 천을 두르고 있는 신관이 무릎을 꿇으며 하늘을 바라보았다.

누구에게 간절히 기도하는 모습이었는데, 그러자 그에 응답해 주듯이 하늘에서 빛이 떨어져 내렸다.

저 먼 우주에서 마치 혜성이 떨어져 내리는 것 같은 모습이다. 관중들이 화들짝 놀라며 대피를 하려는 모습이 화면에 찍혔다.

빛이 경기장에 꽂혔다.

그러자 빛의 가루가 사방으로 날리며 경기장이 환하게 물들었다.

그 속에서 걸어나오는 여인이 있었다.

세상을 넘어선, 다른 차원에 존재하는 아름다움을 지닌 여인이었다.

아름다운 복장을 하고 있었지만, 오히려 그 복장이 부족하게 느껴질 정도로 여인은 아름다웠다.

[여신 루나 님이십니다! 루나 님께서 등장하셨습니다!]

[아, 말이 필요 없습니다! 어떤 수식어가 필요할까요?]

배진수가 흥분하며 외치자 김성진이 간신히 정신을 차리며 말했다.

누가 루나의 모습을 보고 아무렇지 않을 수 있을까? 루나가 나타나자 많은 이들이 좌석에서 일어나 무릎을 꿇었다.

루나는 그 자리에 존재하는 것만으로도 모든 이의 마음을 따스하게 채워주었다. 정신적인 고통이나 장애가 있는 이들이 루나의 빛을 느끼곤 눈물을 흘리며 루나의 신도가 되어버렸다.

김성진 역시 마찬가지였다. 그 따스함은 지금까지의 삶을 돌아보게 했다. 왜 그토록 돈을 위해 달려왔는지 부끄러워질 정도였다. 세계의 정상들이 뜨거운 눈물을 흘리는 모습이 화면에 잡혔다.

빛에서 루나가 걸어나왔다. 루나가 손을 뻗자 신성한 빛이 뻗어 나갔다. 그 빛은 천사의 날개가 되어 바닥에 쓰러져 있는 기사들에게 깃들었다. 기사들이 놀란 표정으로 하나둘씩 일어나며 무기를 바닥에 버렸다.

음악이 반전되며 순식간에 축제가 되었다. 흥겨운 음악과 함께 루나가 내뿜은 빛이 경기장을 가득 채웠다. 순식간에 빛으로 된 성이 만들어졌고, 아름다운 동물들이 하늘에서 내려왔다.

"와아아아!"

환호가 경기장을 가득 채웠다. 루나가 두 손을 모으자 하얀 드래곤이 나타났다. 빛으로 이루어진 하얀 드래곤은 경기장을 날아다니다가 그대로 하늘로 향했다.

상공에서 드래곤이 불을 내뿜자 경기장의 가장 높은 곳에 떠올라 있던 조각에 불이 붙었다.

[성화가 붙었습니다!]

[역사상 가장 아름다운 성화입니다! 루나 님께서 이곳에 모인 모든 이를 축복해 주고 계십니다!]

성화가 타오르며 짧지만 절대 잊어버릴 수 없는 개막식 공연이 끝났다. 언론에서는 개막식 공연의 뜻을 풀이하며 역사상 가장 완벽한 공연이라고 찬양하는 기사를 내보냈다.

루나는 신관들의 호위를 받으며 세이프리의 수호룡 옆에 앉았다. 여신 루나와 세이프리의 수호룡이 나란히 앉아 있는 장면은 벌써부터 인터넷을 뜨겁게 달구었다.

눈 호강을 넘어 영혼까지 정화된다는 기사와 글이 넘쳐나고 있었다.

[선수들이 입장하고 있습니다.]

[네, 첫 번째로 들어오고 있는 이는 엘브라스 소속의 엘프들입니다. 엘브라스는 50만의 엘프와 5천의 하이엘프로 구성되어 있다고 알려져 있습니다. 현재는 아르케디아인의 합류로 인구가 더 늘어난 상황입니다.]

[에르소나 대표가 엘브라스의 도시 기를 들고 엘프들을 이끌고 경기장에 진입합니다. 정말 아름다운 모습이네요.]

이백 명의 엘프가 경기장에 나타나자 분위기는 더욱 뜨겁게 달궈졌다. 엘프들은 엘브라스의 전통 복장을 하고 있었는데 대단히 아름다웠다. 차가운 표정이었지만 그 표정마저도 아름다워 흠이 되지는 않았다.

그다음으로 소론이 입장했고, 소론 주변의 소도시들이 차례대로 입장했다. 소도시들도 화합에 함께하기 위해 세이프리에 참여 의사를 밝혀왔다고 알려져 있다.

신루 근방에 위치한 소도시들의 휴먼족도 입장하였다. 본래는 게르딕 제국의 도시였지만 지구로 오면서 독립한 도시들이다. 최근에 루나의 신전을 세우고 세이프리와 무역을 시작하면서 상황이 훨씬 나아진 이들이다.

다크엘프들이 입장한 다음, 지구의 대표들이 입장하기 시작했다.

[드디어 지구의 대표 선수들이 입장합니다.]

[아마 지구 역사상 가장 화려한 멤버일 것입니다. 유명한 스포츠 스타들이 모두 모여 있습니다.]

[한국 대표로는 양궁 금메달리스트인…….]

김성진이 살짝 흥분하며 선수를 소개했다.

지구 역대 최고의 스포츠 스타들이 줄을 지어 입장하고 있었다. 몸값만 해도 어마어마했지만 관중들은 그다지 그들을 주목하지 않았다. 지구 대표들과 치르는 경기는 이벤트 형식의 경기였다.

애초부터 승부 자체가 성립할 수 없었다. 연일 기사가 터져 나왔지만 관심도는 그리 높지 않은 편이었다.

마지막으로 세이프리 대표 선수들이 입장했다. 세이프리 선수들은 레벨과 상관없이 모두 세이프리 초보자 복장을 하고 있었다.

세이프리의 선수들이 등장하자 환호성이 더욱 커졌다. 좌석을 가득 채운 관중들은 대부분이 한국 사람이었고, 그들은 세이프리를 응원하고 있었다. 다른 나라 사람들이 각 나라, 그리고 진영에 있는 대도시들을 응원하는 것과 마찬가지였다.

단합 대회에 참여하는 모든 이가 경기장에 들어섰다. 에르소나가 대표로 선서문을 낭독했다. 그녀의 목소리는 계속 듣고 싶은 마음이 들 정도로 감미로웠다.

선서문 낭독이 끝나자 마지막으로 개최 도시인 세이프리 대표로 세이프리의 수호룡이 연설할 차례가 되었다.

*   *   *

신성은 루나가 나타나자 고개를 설레설레 저으며 웃었다. 다른 이들이 보기에는 화려한 등장일 테지만 바닥에 숨어서 숨을 죽이고 있던 루나가 드래곤의 눈에 포착되었다. 개막식 시작 전부터 숨어 있으려니 아마 대단히 힘들었을 것이다.

루나는 아름다웠다. 루나의 외적인 아름다움보다도 신성의 마음을 움직인 것은 루나의 진심이었다. 루나는 진정으로 이 대회가 새로운 평화의 계기가 되기를 바라고 있었다.

'열심히 준비했네. 그렇게 몰래 준비하더니 제법이야.'

실수라도 할까 긴장하고 있던 김갑진도 안도의 한숨을 내쉬었다. 공연이 끝나자 루나가 신성의 옆에 앉았다. 어땠냐는 듯 반짝이는 눈동자로 신성을 바라보았다.

"최고야. 멋졌어."

신성의 칭찬에 루나가 환하게 웃었다. 루나는 신성을 껴안고 싶었지만 자리가 자리이니만큼 참았다.

"실수를 안 하셔서 정말 다행입니다. 중간에 웃음을 터뜨릴 뻔했지요?"

"봤어요? 쓰러져 있는 수인족분이 방귀를 뀌어서 웃음을 참느라 죽는 줄 알았어요."

"루나 님은 한 번 웃기 시작하면 그 이후로는 참지 못하시니 정말 다행입니다."

김갑진과 루나의 귓속말 대화이다.

참가 선수들이 입장하고 선서문 낭독이 있었다. 에르소나가 뜨거운 눈으로 신성을 한차례 바라보았다. 세이프리에게는 지지 않겠다는 의지가 전해져 왔다. 신성은 세이프리가 우승하든 그렇지 않든 상관없었지만 저 눈빛을 본 순간 승부욕이 생겼다.

에르소나는 검술, 장거리 달리기, 몬스터 수영 종목에 참여하고 있었다. 그녀의 능력이라면 모든 종목에서 두각을 나타내겠지만 모든 종목에 참여할 수는 없었다.

한 선수당 세 종목 이하로만 참여할 수 있기 때문이다.

"신성 님, 저도 참여할 거예요."

"제가 말리긴 했습니다만… 워낙 의지가 강력해서서……."

"드래곤 나이트로 변장하면 괜찮아요. 세이프리의 우승을 위해 이 한 몸 불사를게요."

루나와 김갑진이 조용히 말했다.

김수정도 세이프리 대표 선수로 참여하고 있었다.

신성의 차례가 되었다. 신성은 작게 한숨을 내쉬고 자리에서 일어나 단상으로 향했다. 루나가 주먹을 불끈 쥐며 파이팅이라고 외쳐주었다.

신성은 단상에 올라 관중들을 한차례 바라보았다. 환호 소리가 순식간에 조용해졌다. 신성은 드래곤이 되면서 더욱 존재감이 강렬해졌다. 좀 더 성숙해진다면 존재감과 기세를 억누를 수 있겠지만 지금은 신경 쓰고 있지 않았다.

많은 일반인이나 초보 아르케디아인들이 멀리 떨어져 있었지만, 그럼에도 불구하고 신성의 존재감에 몸을 떨었다.

신성의 연설이 시작되었다.

"우리는 지금까지 재앙과 같은 위기를 맞이하였습니다. 서

울의 많은 이들이 목숨을 잃었고 그 위협은 서울뿐만 아니라 지구 전체의 위기가 되었습니다."

신성의 말에 의지가 섞여 나왔다. 신의 목소리와 용언을 지닌 드래곤의 의지가 합쳐지며 굉장한 위력을 발휘하고 있었다. TV로 지켜보고 있는 자들도 정신을 빼앗기며 신성의 말에 집중했다.

'음, 아무래도 교장 선생님 훈화 말씀처럼 느껴지겠지.'

주변이 너무나도 조용하자 신성은 그렇게 생각하며 씁쓸한 미소를 지었다. 아마 교장 선생님도 이런 마음이었을 것이다.

미래의 일이기는 하지만 신성의 미소는 그의 생각과는 다르게 엄청나게 화제가 되었는데, 인터넷 기사뿐만 아니라 유명 잡지에 표지로 실리며 많은 이들의 마음을 빼앗아 버렸다.

일단 신성은 자신의 외모가 잘생겼다고 자각하고 있지만, 사람들에게 심각한 영향을 줄 정도로 잘생겼을 것이라고는 생각하지 않았다.

드래곤이 되어 더욱 잘나진 외모에 드래곤 로드가 계승해 준 능력이 지금 엄청난 효과를 발휘하고 있었다. 그것은 저주와도 같았다.

[A] 용혈의 휴먼

드래곤이 변신한 휴먼.

드래곤이 변신했기에 일반적인 휴먼족을 아득히 넘어선 존재이다. 그 피에는 엘더조차 비교할 수 없는 강력한 힘을 담겨 있는데, 고대 제국의 황족들이 혈통으로 계승해 내려왔다는 전설이 있다.

역사학자들은 그 시대야말로 휴먼족의 역사 중 최고의 전성기라고 주장하고 있다.

*드래곤 로드의 조언

"과거 유희를 할 때 변방의 휴먼족 공주를 꼬신 적이 있는데, 그 공주가 낳은 아이가 제국을 세울 줄은 꿈에도 몰랐다. 어린 드래곤이여, 네가 만약 대륙의 역사에 이름을 남기고 싶다면 휴먼족을 선택하는 것도 나쁘지 않을 것이다."

*[A+] 매료의 미소 : 드래곤 로드가 휴먼족 공주를 꼬실 때 쓴 미소. 얼어붙은 공주의 마음을 얻기 위해 드래곤 로드가 일 년 동안 거울을 보며 연습한 미소이다. 그 미소는 마력 저항력이 없는 휴먼족의 마음에 치명적인 일격을 꽂아 넣을 것이다.

지구의 일반인은 휴먼족으로 분류되었다. 신성의 미소는

그들에게 치명적으로 작용하고 있었다. 다행인지 불행인지 신성은 그 정보를 보지 못했다. 워낙 바쁜 터라 넘기고 만 것이다.

"아직 많은 적이 남아 있습니다. 힘을 합쳐 지구를 지킬 수 있도록 노력합시다."

아무런 특색이 없는 전형적인 연설이었다. 신성이 살짝 민망해 멋쩍은 웃음을 머금자 일부 관중들이 그 자리에서 정신을 잃었다.

이런 특색 없는 연설이 유튜브 동영상 역대 1위를 갈아치우고 아무도 넘보지 못하는 조회 수를 기록하게 될 줄 신성은 예상하지 못했다.

아무튼 지구 역사에 길이 남을 단합 대회가 시작되었다.

CHAPTER 8

단합 대회 II

아르케디아와 지구의 축제 단합 대회의 막이 올랐다.

신성은 단합 대회 기간에 자신과 김갑진을 제외한 모두에게 휴식을 주었다.

마도 공학 기술연구국이 제일 좋아했고, 그다음이 비르딕에서 일하고 있는 자들이다. 휴가 기간에도 봉급은 나오기 때문이다.

이런 방면에서 신성은 철저했다. 정당한 대가를 주고 다른 말이 나올 수 없을 정도로 챙겨줬다.

그것 역시 투자에 해당했고, 보물이 되어 되돌아온다는 것을 알고 있었다.

'엘브라스가 1위라······.'

개막식 경기에서 엘브라스가 금메달을 따는 것을 본 신성이다.

현재 엘브라스가 1위를 달리고 있었고, 그 뒤를 바짝 따라잡은 것이 바로 세이프리였다.

신성은 선수들의 의욕을 높이기 위해 금메달을 딸 시에는 상여금과 더불어 캐시 아이템을 지급해 주기로 했다. 그러자 엘브라스와의 격차가 매섭게 줄어들고 있었다.

메달은 세이프리에서 준비했는데, 금메달은 마력 황금을 주조해 만들어 상당한 값어치를 지닌 물건이었다.

은메달과 동메달은 희귀 재료를 통해 만들었다. 메달에는 마법적 처리가 되어 있어 지니고 있으면 버프 효과를 받을 수 있었다.

단합 대회 기간이었지만 신성은 늘 그렇듯 바빴다.

집무실에서 아르케넷을 통해 중계되는 화면을 켜놓고 서류를 처리했다.

세이프리의 대리자이니만큼 대회 진행 상황을 꼬박꼬박 챙겨봐야 했다.

화면 옆에는 대형 TV가 있었다. 얼마 전에 대기업에서 전해 준 최신식 TV이다. 디아나의 도움으로 저택에 마력 엔진이 설치된 덕분에 마력장이 최소화되며 현대 기기의 고장이 줄어들게 되었다.

마도 공학의 기술을 적극적으로 활용하여 일정량의 전기마저 공급할 수 있게 되었는데, 콘센트를 만들고 실질적으로 TV를 켤 수 있을 때까지 하루가 꼬박 걸렸다. TV만 설치되었다 뿐이지 다른 것은 설치가 되지 않아 아직은 장식용이었다.

[여기는 몬스터 수영 대회가 열리는 한강입니다! 많은 지구인과 아르케디아인들이 응원을 하고 있습니다!]

신성은 화면을 바라보았다.

묘인족의 여성 리포터가 아르케넷에서 유료 중계를 하고 있었다.

시청자 수가 2만 명을 넘어가고 있었는데 채널 입장권 수입만 해도 짭짤할 것이다.

게다가 채널이 마음에 들 경우 시청자들이 실시간으로 금풍선이라는 것을 쏴주어 후원해 줄 수 있으니 인기 아르케넷 방송인들의 수입이 대단했다.

[총 50명의 선수가 참가하는 수영 대회인데요, 룰은 아르케디아 온라인에서와 같습니다! 한강에 득실거리는 몬스터를 피해 결승점에 골인하면 되는 경기입니다! 몬스터의 레벨은 갈수록 더욱 높아지며 마지막에는 세이프리의 수호룡께서 테이

밍해 주신 대형 몬스터가 존재하고 있습니다!]

그래픽으로 제작된 설명 화면이 떠올랐다. 역시 인기 방송인다운 준비였다. 마지막으로 대형 몬스터의 소개와 함께 신성의 얼굴이 떠오르자 금풍선이 폭발했다. 화면 옆에 채팅창도 있었는데 빠르게 휙휙 지나가고 있었다.

[후원 감사드립니다! 쌍검사 오온 님께서 금풍선 오백 개를……! 정말 감사합니다!]

금풍선 한 개에 1C였다. 아르케디아 온라인 시절에는 수수료를 떼어갔지만 현실화된 지금은 떼어갈 회사가 존재하지 않으니 전부 방송인이 다 가져갔다. 확실히 비전투 직업 중에 인기 직업으로 떠오를 만했다.

[쌍검사] 오온 : 사진만 봐도 떨려. ㄷㄷ 엘레나 봐. 완전 뻑감. ㅋㅋㅋ, 역시 수호룡 클라스.

[연애하는] 얼라리 : ㅇㅈ. 같은 남자인데 두근거림. 미친. ㅋㅋ

[수호룡 열혈팬] 곤곤 : 하앍, 발이라도 핥고 싶다.

[취향이 특이한] 티미아 : 저 의자가 되고 싶엌. ㅋㅋ

실명제이기 때문에 악성 채팅은 없었지만 아르케디아인의 특성 때문인지 대부분 감정에 솔직한 편이었다.

'문어를 잡는 데 고생하긴 했지.'

현재 테이밍 코인이 비싼 값에 시장에 나오고 있는 시점이었는데, 신성은 빛나는 테이밍 코인을 만들 수 있었다. 캐시템의 일종으로 몬스터 포획 확률을 높여주는 것이다. 직접 비르딕의 80레벨 마석에 가서 용언으로 길들인 다음 포획한 녀석이다.

용언이 없었다면 포획하지 못했을 것이다.

이름은 물컹문어였다.

일반적인 크라켄의 생김새였고, 공격력보다는 방어력이 높았다.

미끌미끌한 점액은 방어력이 붙은 장비를 녹여 버리는 특성을 보이고 있었기에 잡는 것이 상당히 힘든 보스 몬스터였다.

점액은 피부에 좋다는 설명이 있었는데 아르케디아 온라인에서는 피부가 반짝이는 데 그쳤다.

하지만 현실화된 지금은 아마 적용되었을 것이다. 그리고 맛이 좋아 최고의 음식 재료로 꼽히기도 했다.

'괜찮은 채널이군.'

드래곤이 되어서인지 자신을 찬양하는 채팅이 상당히 보기 좋았다. 신성은 서류를 내려놓고 피식 웃었다. 가끔은 기분파가 되는 것도 나쁘지 않을 것이다.

화면을 조작해 전송 버튼을 눌렀다.

[허, 허업! 세, 세이프리의 수호룡 이신성 님께서 금풍선 5천 개를! 가, 가, 감사합니다! 더 힘내서 세이프리를 빛내는 방송인이 되도록 하겠습니다!]

5천 개는 5KC이니 상당히 많은 돈이다. 그러나 이제 신성에게는 푼돈이었다.

[꼬리가 예쁜] 레미 : 엌! ㅋㅋ 이 방에 신성 님 계심.
[스토커] 아메이 : 사랑해요! 사랑해! 사랑한다고!
[놀란] 소미니 : 역시 금풍선 클라스부터 다름. ㅋㅋ

반응을 보니 나름 뿌듯했다. 이런 맛에 금풍선을 쏘는구나 싶은 신성이다.

몬스터 수영 대회의 선수들이 호명되었다. 지금 서울은 한산했는데 단합 대회의 영향이다. 시청률이 역대 최고라니 사람들이 아르케디아에 대해 얼마나 관심이 많은지 알 수 있는 대목이다.

몬스터 수영 대회는 그야말로 눈이 호강하는 대회였다. 수영이다 보니 참가자들이 노출이 꽤 많은 방어구를 입고 있었다.

엘프들의 몸매가 장난이 아니어서 방송인은 노련하게 그것을 화면에 담았다. 남녀 구분이 없는 혼성 대회라 모두의 눈을 즐겁게 했다.

특히 에르소나는 대단했다. 신성 역시 감탄할 정도였다. 채
팅창이 난리가 날 수밖에 없었다. 그러나 그것과 맞먹는 이가
있었다. 눈을 가리는 가면을 쓰고 있는 여인이다.

[아! 저 선수는 선수 정보에 용기사 L이라고만 적혀 있는데
요, 대단한 선수입니다! 펀치 대회에서 금메달을 획득한 괴력
의 여인입니다!]

용기사 L은 루나였다. 에르소나는 강자를 알아본 듯 루나
를 바라보며 투지를 불사르고 있었다.

'스텟 자체는 루나가 높으니 마법을 쓸 수 없는 환경에서는
거의 최강이지.'

에르소나와의 좋은 승부가 기대되었다. 벌써 분위기가 후
끈 달아오르고 있었다. 신성은 채팅을 하기 시작했다.

**[세이프리의 수호룡] 이신성 : 용기사 L이 우승하면 1만 개 쏨. 편파 해설
부탁.**

신성의 채팅을 발견한 방송인의 눈이 돌아갔다.

[이제부터 저는 용기사 L님 편입니다. 우리 용기사 L님께서
몸을 풀고 계십니다! 마치 다이아몬드를 깎아놓은 것 같은 완
벽한 모습입니다!]

자본의 힘은 위대했다.

채팅창도 분위기에 휩쓸려 용기사 L을 응원하기 시작했다. 용기사 L이 신성이 만든 최고의 선수라거나 세이프리의 비밀 병기라는 말들이 나오기 시작했다.

용기사 L은 강했다.

용기사 L은 엄청난 속도로 몬스터들을 공중으로 날려 버렸다. 거대한 상어의 꼬리를 잡더니 자이언트 스윙으로 던져 버리고는 빠르게 나아갔다. 에르소나가 그 뒤를 바짝 쫓고 있다.

한강에 거대한 물컹문어가 나타나자 수영은 새로운 국면으로 접어들었다. 물컹문어는 점액을 발사해 다가오는 선수들의 방어구를 녹여 버렸다. 그것에 대비해 다들 비키니나 수영복 입었기에 방송 사고는 없었지만 시청자들은 눈 호강을 제대로 하게 되었다.

화면 속 용기사 L이 주먹을 뒤로 뺐다. 신성은 그녀의 품에 깜짝 놀라며 서류를 내려놓았다.

'저 기술은……'

주먹을 순간적으로 고속으로 회전시켜 상대방을 꼬아버리는 궁극의 기술이다. 만화책에 나오는 기술인데 물리법칙 따위는 열혈로 극복한다는 말도 안 되는 기술 중 하나였다.

에르소나 역시 회전 베기를 준비하며 문어를 향해 달려들었다.

거대한 물보라가 일었다. 문어의 몸이 공중에 떠올랐다가 물에 빠지며 물기둥 또한 한 차례 치솟았다. 주변에 있던 선수들이 물에 휩쓸려 뒤로 밀려났다.

[과, 과연 우승자는……!]

결승 지점에 용기사 L과 에르소나가 동시에 들어왔다. 마법사들이 화면 판독을 통해 회의하고 있었는데 분위기가 심상치 않았다.

[발표가 나왔습니다! 만분의 일 초까지 분석해도 구분할 수 없을 정도라고 합니다. 아! 대회위원회에서 공동 우승이라고 발표했습니다!]

용기사 L은 상당히 기쁜지 에르소나를 껴안으며 좋아했다. 그제야 에르소나는 용기사 L의 정체를 눈치챈 모양이다. 어쩔 수 없다는 미소와 함께 용기사 L을 살짝 안아주며 기쁨을 함께했다.

신성은 피식 웃고는 금풍선 1만 개를 선물해 주었다.

'제대로 즐기고 있네.'

루나가 몰려온 세이프리 선수들과 함께 기뻐하며 환호하고 있다. 그 모습을 지켜보는 신성의 입가에 진한 미소가 떠올랐다. 2위로 들어온 세이프리의 선수가 은메달을 추가하자 세이프리와 엘브라스가 공동 1위가 되었다.

앞으로도 치열한 접전이 예상되었다. 반드시 세이프리를 우승시키겠다는 루나의 의지가 신성에게 전해져 왔다.

똑똑똑!

노크 소리가 들려왔다.

"들어와."

신성의 말에 김갑진이 들어왔다. 김갑진은 신성에게 인사를 한 후에 화면을 바라보았다. 수영복을 입고 있는 용기사 L의 모습이 보이자 김갑진이 한숨을 내쉬었다.

"여신의 품위가… 크흑, 그래도 정체를 들키지 않아 다행이에요."

"드래곤 나이트 상태이니까 그녀를 잘 아는 자가 아니면 모르겠지."

"에르소나 님은 눈치챈 것 같습니다만… 오히려 더 승부욕을 불태우고 있군요. 그녀도 조금 변한 느낌이 듭니다."

"그간 고생이 많았으니 그럴 만도 해."

에르소나가 감정에 좀 더 솔직해지는 것은 다행이라면 다행이다. 에르소나도 신성처럼 예전보다 더 발전했으니 엘브라스의 선전을 기대해 봐도 좋을 것 같았다.

신성이 김갑진을 바라보자 김갑진이 용무를 말하기 시작했다.

"전에 말씀하신 파견의 보석에 대한 이야기입니다만……"

"음, 이제 슬슬 준비해야겠지."

"네, 함정 전문가를 데려왔는데 만나보시겠습니까?"

함정 전문가라는 말에 신성은 호기심이 생겼다. 신성이 고개를 끄덕이자 문이 열리며 검은 로브를 입은 귀여운 여인 하나가 들어왔다.

악신의 신도였는데 검은 로브를 입고 있음에도 음침하기보다는 밝은 느낌이 났다. 아무래도 루나가 관리한 영향인 것 같았다.

그녀는 잔뜩 긴장하며 김갑진의 옆에 섰다.

"아, 안녕하십니까! 마, 마법사 에루입니다! 만나 뵙게 되어 영광입니다!"

허리를 90도로 꺾으며 신성에게 인사했다. 신성은 작게 고개를 끄덕이고는 김갑진을 바라보았다. 김갑진이 헛기침을 한 후 그녀에 관해 설명하기 시작했다.

"그녀는 최악의 던전 정복 게임인 어둠의 영혼 시리즈를 최단 기간에 돌파한 천재입니다. 어둠의 영혼3의 플레이 동영상은 이미 마니아들 사이에는 전설로 회자되고 있습니다."

"어둠의 영혼이라면… 그 깨는 것이 불가능하다는 극악의 게임이지?"

"네, 말씀하신 그대로입니다."

신성 역시 어둠의 영혼 시리즈에 대해 들어본 적이 있었다.

던전을 정복해 나가는 게임이었는데 온갖 몬스터와 함정이 치밀하게 배치되어 있었다. 자신이 제작한 던전을 올려 멀티 플레이를 할 수도 있었다. 그리고 그 게임의 묘미는 바로 던전 제작에 있었다.

"그녀가 제작한 던전은 현재까지 누구도 클리어하지 못해 헬 난이도에 등극하였습니다. 세계 던전 메이커 대회에서 5회 연속 1위에 빛나는 유능한 인재입니다."

"과, 과, 과찬이십니다!"

에루는 몸을 떨면서 김갑진의 말을 부담스러워했다. 신성은 김갑진이 전해준 정보를 자세히 보았다. 김갑진의 말대로 대단한 이력을 지닌 인재였다. 현재 레벨은 25로 아직은 초보자였지만 중요한 것은 그녀의 레벨이 아니었다.

"개인적으로 인간이 만든 최악의 게임이라고 생각합니다. 이것을 마계로 보내는 던전에 적용한다면……"

"마족 놈들이 피똥을 싸겠군."

"내장이 철철 흘러넘칠 것입니다."

신성과 김갑진의 대화이다.

신성이 에루를 바라보았다. 에루는 신성과 눈이 마주친 순간 다리가 풀려 그대로 주저앉았다. 신성의 매력과 존재감을 감당하기에 그녀는 아직 레벨이 부족했다.

"죄, 죄송합니다. 다리가 풀려서……"

"소파에 앉도록 해."

그녀가 힘겹게 소파에 앉자 디아나가 차를 가져와 그녀에게 건넸다. 마음이 안정되는 효과가 있는 차를 마시자 그녀의 얼굴이 조금은 편해졌다. 신성은 그녀를 시험해 볼 생각으로 그녀에게 다가갔다. 그녀는 잔뜩 긴장하며 정자세가 되었다.

신성은 정보창 하나를 꺼내 그녀에게 보여주었다.

"지금 내가 소유하고 있는 던전인데 부족한 점을 말해보도록."

순간 그녀의 눈빛이 바뀌었다.

사람이 바뀐 것 같은 느낌마저 들었다. 순식간에 던전과 몬스터를 훑어보고는 입을 떼었다.

"몬스터의 배치와 던전 구성이 모두 잘못되었어요. 함정은 너무 뻔히 보이는 곳에 있어 웬만하면 걸려들지 않을 것 같아요. 이 정도 전력이라면 차라리 어설픈 함정을 빼고……."

그녀는 정보창을 조작해 던전을 다시 만들기 시작했다. 부족한 자원을 가지고 최대한 효율을 내기 위해 재배치하고 있었다. 신성은 작게 감탄하며 고개를 끄덕였다. 김갑진 역시 흡족한 눈으로 에루를 바라보았다.

"이렇게 하면 될 것 같습니다."

"좋군."

"아, 가, 감사합니다."

작업이 끝나자 다시 긴장하기 시작한 에루였다. 신성은 던전을 바라보았다. 던전 랭크가 2단계나 상승해 있었다. 역시 던전 전문가다웠다.

"월 25KC로 시작해서 매달 성과에 따라 올려주도록 하지. 어떤가?"

"네? 25KC요? 가, 감사합니다!"

25KC는 초보에게 무척이나 큰돈이었다. 한국 돈으로 따지면 월 이억 오천만 원이다.

[던전 전문가를 고용하였습니다.]

*던전 전문가는 드래곤 레어가 소유한 던전을 관리할 수 있습니다.

*던전 전문가는 드래곤 상점에서 던전에 관련된 함정이나 물품을 살 수 있습니다.

*던전 전문가는 드래곤이 소유한 몬스터를 조련할 수 있습니다.

*던전 전문가는 던전에서 포획한 포로를 조교할 수 있습니다.

[던전 전문가에게 스킬이 부여됩니다.]

[B+] 쾌락의 채찍(레전드)(던전 전문가)

드래곤에게 고용된 던전 전문가에게 부여된 스킬. 몬스터와 포로들을 다스릴 수 있는 스킬이다. 던전의 몬스터를 복종시킬 수 있고, 훈육을 통해 포획한 포로들의 정신을 개조할 수 있다.

쾌락의 채찍 스킬을 사용하는 중에는 성향이 하락하지 않는다.

*전대 던전 전문가의 조언

"포로들이 새로운 감각에 눈을 뜨게 된다면 자연스럽게 복종할 것이다. 그들의 여왕이 되어라! 참고 서적으로 서큐버스의 고문법을 추천한다. 드래곤 상점에서 구매할 수 있다."

에루는 드래곤의 던전 전문가라는 칭호를 얻었다. 자신에게 부여된 스킬과 권한에 무척이나 놀라 기절하기 일보 직전이었다.

CHAPTER 9

어둠의 던전

에루는 디아나의 밑으로 들어가게 되었다.

저택에 머무를 수 있게 방을 배정해 주었고 주말을 제외한 날들은 던전이나 저택에서 근무해야 했다. 던전 관리부를 만들었는데 지금은 에루 한 명뿐이지만 시간이 지난다면 점차 늘어날 것이다.

던전 관리부는 세이프리에도 공개되지 않은 비밀 부서였다. 앞으로의 발전 가능성이 무궁무진했다. 마족의 아이템들은 그 가치가 상당히 높았고 포로들은 여러모로 유용했기 때문이다.

에루는 세이프리의 초보자 여관에서 머물고 있었는데 방 배정이 되자 바로 짐을 싸서 저택으로 들어왔다. 저택의 화려한 모습에 반했는지 저택을 둘러보는 그녀의 얼굴에 홍조가 가득했다. 디아나가 자신의 후배로 여기며 저택 구석구석을 소개해 줬는데, 검은 로브를 벗은 그녀의 모습은 여인이라기보다는 소녀에 가까웠다. 둘은 순식간에 친해져 이제는 친구처럼 보였다.

그간 디아나가 외로워 보여 마음이 쓰였는데 친구가 생겨서 다행이라 생각한 신성이다.

"예산이 꽤 드네요. 던전 규모에 따라서 금액이 배로 뛰니 지금 당장은 일반 던전급도 힘들겠는데요?"

"음, 오픈 필드급 던전은 지금 세이프리와 신루의 능력으로는 무리야. 일단 소형 던전부터 시작해야겠군."

김갑진은 아예 저택에 머물며 신성을 도왔다. 드래곤 레어에서 업무를 보게 되면 일의 능률이 향상되는 효과가 있어 신성에게 사무실 하나를 차려달라고 요구했다. 저택에 방은 많으니 적당한 곳에 들어가라고 말해준 신성이다.

신성은 일단 드래곤 상점에서 던전을 만들기 위한 설비들을 구입했다. 몬스터 파견소와 진화의 성소, 던전 관리본부였다. 몬스터 파견소는 던전에 몬스터를 배치할 수 있게 해주는 건물이다. 던전 마스터를 지정할 수 있고, 파견되는 몬스터의 마력 분신 상태를 좀 더 면밀하게 체크할 수 있게 해주었다.

던전 관리본부는 말 그대로 던전의 함정 배치나 시설 등을 관리할 수 있는 곳이다. 지금까지는 던전을 단순하게 운영했지만 관리본부를 통해 관리하면 더욱 세밀한 부분까지 신경을 쓸 수 있었다. 던전 설계도를 작성해 관리본부에 등록하게 되면 던전이 설계도와 똑같이 바뀌는 기능이 있었다.

"일단 에루가 관리해야겠군요."

"디아나도 있으니 초기에는 충분히 감당할 수 있을 거야. 나중에 커지면 공개 채용 공고를 내야겠어."

"아, 그 몬스터 공개 채용 공고 말입니까? 디아나 님에게 들은 적이 있습니다. 몬스터들은 아마 그곳에서 온 것이겠지요."

"어비스(Abyss), 마족과 아르케디아의 중간 차원이었지."

아르케디아 온라인에서 아르케디아 플레이어들은 어비스를 두고 마족과 전쟁을 벌여왔다. 어비스는 마계로 직접 갈 수 있는 포탈을 만들 수 있었는데 그것은 마족들도 마찬가지였다. 지구로 직접 오는 포탈을 만들 수 있으니 어비스 수호는 필수였다.

마물의 숲이 사라진 직후에 어비스로 들어갈 수 있는 차원의 문이 생겼다. 마족들도 그와 비슷한 시기에 어비스에 진입할 수 있을 것이다. 어비스를 건너뛰어 상대방의 차원에 보낼 수 있는 것은 마석뿐이었다. 아니, 이제 파견의 보석이 추가되었으니 그 둘뿐이라 말할 수 있다.

"현실화된 지금 마족들의 전력이 아르케디아 온라인과 똑같지 않을 수도 있어."

"던전 파견은 정보 수집에도 목적이 있겠지요."

"여러모로 중요한 일이야. 최우선 순위로 진행해야 해. 마족과의 전쟁은… 분명 길어질 거야."

적은 명백히 존재했다.

지구에는 신성이 있었다. 마족 쪽에는 어쩌면 용신이 있을 수도 있었다.

신성은 아르케디아 온라인의 마지막 역사를 떠올려 보았다. 아르케디아의 승리로 돌아가자 마족의 차원은 사라지고 그 밑에 잠자고 있던 용신이 떠오르게 되었다. 그것이 마지막 퀘스트였다. 그러나 언데드 사태 때 용신의 흔적이 발견되었으니 이미 깨어나 있을 가능성이 컸다.

밸런스를 맞추기 위해서라도 신성은 강해져야만 했다.

"후우, 복잡하군."

"지금까지 그래온 것처럼 차근차근히 해나가죠."

"그래."

신성은 진화의 성소에 관한 정보가 떠오른 창을 바라보았다. 진화의 성소는 신성이 보유한 몬스터를 강화하거나 조합, 진화시킬 수 있는 곳이다. 강화에는 무기 강화처럼 강화석이

들었는데 고강으로 갈수록 강화 확률이 떨어졌다.

[A] 진화의 성소

몬스터를 강화하거나 진화시킬 수 있는 장소.

일반 몬스터를 보스 몬스터까지 진화시킬 수 있다. 특별한 아이템으로 중형, 대형, 그리고 초대형 몬스터로의 진화시킬 수 있고, 몬스터 조합을 통해 새로운 종을 탄생시킬 수 있다.

강화 설명서

*1 강화당 5레벨에 해당한다.

*10강에 이를 경우 한계 돌파를 통해 등급을 상승시킬 수 있다. 강화는 10강까지 가능하며 10강에 이를 경우 정예 몬스터라 하더라도 던전 마스터가 될 수 있다.

*진화의 성소에 몬스터 이미지를 등록하여 새로운 모습으로 진화시킬 수 있다. 몬스터가 진화할 때 추가 스텟과 스킬 포인트가 생기는데 계산값을 정확히 입력해야 이미지에 맞는 진화가 가능하다. 계산이 틀리거나 부족할 경우 진화 모습은 랜덤으로 정해진다.

*조합을 통해 새로운 속성, 특성, 필살기를 부여할 수 있다.

*성장의 루비를 통해 중형, 대형, 초대형 몬스터로 진화시킬 수 있다.

*몬스터 파견소를 통해 언제든지 몬스터의 외형을 바꿀 수 있다. 변화가 심할 경우 마력 코인이 든다.

유지비 : 300KC/월

진화의 성소는 드래곤 저택 근처에 배치되었다. 거대한 수정이 치솟아 있는 형태였는데 중앙에 마법진이 새겨져 있었다. 은은한 빛을 발하고 있어 조명으로도 쓸 만했다. 가격은 소형 비공정 넉 대의 값이었지만 말이다.

유지비 역시 상당히 많이 들어가는 편이었다. 그러나 앞으로의 가능성을 생각해 볼 때 투자 가치가 충분하다 못해 넘쳤다.

'지금 가장 유용한 몬스터는 해골 병사이겠군.'

해골 병사의 레벨은 40이었다. 해골 병사 1기만 강화시켜도 파견소에서 마력 분신을 생성해 배치할 수 있었다.

일반 몬스터일 경우 10기의 마력 분신을 생성할 수 있고 정예 몬스터는 3기였다. 마지막 보스 몬스터는 1기였는데 보스 몬스터는 던전에 따라 중간 보스를 지정할 수 있었다. 이렇듯 마력 분신의 숫자에는 한계가 있기 때문에 던전에 맞게 몬스터를 잘 배치해야 했다. 정보창을 보니 강화나 진화에 들어가는 아이템이 떠올랐다.

'해골 병사는 암흑 속성이니 화염 속성과 어울리겠어. 10강

까지 올리고 한계 돌파와 속성 부여를 한다면……'

빛나는 화염의 보석을 발라 해골 병사에 또 다른 속성을 부여할 수 있었다. 그리고 10강까지 성공한다면 90레벨의 해골 병사를 획득할 수 있었고, 한계 돌파를 통해 정예 몬스터로 진화할 수 있었다.

성장의 루비를 통해 중형 몬스터로 체급 진화가 가능했는데, 빛나는 화염의 보석이나 성장의 루비의 경우 캐시 아이템에 해당했다. 장비를 제작하거나 업그레이드하는 데 쓰이는 값비싼 캐시 아이템이었다.

한계 돌파, 진화, 체급 진화, 그리고 기타 조합 등을 이용한다면 좋은 몬스터를 만들 수 있을 것 같았다.

신성은 조합법을 펼쳐 보며 가격을 계산했다.

'빛나는 화염의 보석을 만드는 데 120KC 정도, 성장의 루비는 170KC인가? 재료도 사야 하고 10강에 들어가는 강화석까지 합치면…;….'

넉넉히 잡아 400KC 정도는 필요할 것 같았다. 미리 만들어 놓은 빛나는 강화석이 꽤 있었기에 지금 당장은 문제없었다.

던전 마스터를 만드는 데는 아마 그것보다 돈이 더 들어갈 것이다.

성장의 루비 같은 경우 드래곤 상점에서 한정적으로 팔고 있었다. 일단 드래곤 상점을 이용하는 것이 좋을 것 같았다.

'괜찮겠군.'

대충 견적을 짠 신성은 집무실에서 나와 공방으로 향했다. 김갑진과 함께 밖으로 나오자 에루가 크게 인사하며 다가왔다. 로브를 벗고 메이드복을 입고 있었는데, 디아나가 입힌 것 같았다.

에루는 견인족이다. 살랑거리는 꼬리가 그녀의 감정에 맞춰 흔들리고 있었다.

"상점은 둘러봤어?"

"예. 그… 엄청났어요! 제가 상상하던 모든 함정이 가득… 아, 죄, 죄송합니다! 흥분해서……."

에루는 흥분하며 외치다가 입을 막으며 고개를 숙였다. 확실히 드래곤 상점에 있는 던전 관련 상품들은 대단했다.

그녀가 꿈꾸던 물품으로 가득 채워져 있었다. 특히 그녀가 감탄한 것은 촉수 슬라임 함정 세트였다. 다양한 속성을 지닌 슬라임이 방어구를 벗겨서 창고에 모을 수 있을 뿐만 아니라 포로를 상처 없이 포획하는 능력 역시 갖추고 있었다. 슬라임의 점액에 최음, 최면, 독 등 다양한 특성을 추가할 수 있어 그녀의 마음에 꼭 드는 함정이었다.

"괜찮아. 구매 리스트를 작성해서 올리도록 해. 그럼 바로 결제해 줄게."

"네! 감사합니다! 아, 저, 그……."

"그냥 이름을 부르도록 해."

신성이 말하자 에루는 화들짝 놀라며 손사래를 했다.

"제, 제가 어찌……."

"마스터."

디아나가 신성을 가리키며 말하자 에루가 고개를 끄덕였다. 디아나가 품에서 무엇인가 꺼냈다. 콘솔 게임기와 어둠의 영혼 전 시리즈 합본팩이었다.

"설치해 줌. 재밌어 보임."

디아나가 집무실로 콘솔 게임기를 가지고 다가갔다. 신성은 대수롭지 않게 생각했지만 게임기의 설치가 루나에게 얼마나 큰 영향을 미칠지는 예상하지 못했다.

신성조차 힘겨워하는 흑화 루나가 탄생하는 계기가 되어버렸다.

신성은 김갑진과 에루를 데리고 공방으로 향했다. 오랜만에 들어오는 공방은 언제든 가동할 수 있도록 최적화되어 있었다.

일단 파견의 보석 하나를 제작했다.

마력 황금과 마력 코인, 그리고 보유한 던전 하나와 드래곤의 보석이 들어갔다. 드래곤의 보석은 드래곤의 마력과 용언, 그리고 에픽급 재료 아이템 하나가 들어갔다.

[제작에 성공하였습니다.]

[C+] 파견의 보석(소형)(1층)
*일반 몬스터 종류: 0/3
*정예 몬스터 종류 : 0/2
*던전 마스터 : 0/1
*함정 : 0/3

　어둠으로 일렁이는 불길한 보석이 신성의 손에 들렸다. 무려 3,000KC와 보유 던전 하나를 소모해서 만든 보석이다. 배치할 수 있는 몬스터는 총 37마리였고 함정은 3개를 설치할 수 있었다. 던전 하나를 소모한 것치고는 작았지만, 입맛대로 배치할 수 있고 조합을 통해 던전 규모를 늘릴 수 있으니 충분히 만족스러웠다.

　에루가 눈을 반짝이며 보석을 바라보았다. 신성이 피식 웃고는 에루에게 건네주었다.

　"아름답네요."

　"소형 비공정 석 대의 값이군요. 깨뜨린다면 죽어서도 갚아야겠지요."

　"꺄악!"

　에루가 화들짝 놀라며 조심스럽게 보석을 다시 신성에게

돌려주었다. 그녀는 아르케디아인이 되었지만 그 정도 되는 값을 지닌 물건을 들고 있을 강심장이 아니었다. 신성도 예전이었다면 만들 생각조차 하지 못했을 것이다. 마력 황금과 신루가 있었기에 가능한 일이었다.

저택 밖으로 나와 진화의 성소 앞에 섰다. 몬스터를 강화해 볼 생각이다. 신성은 일단 에루에게 시범을 보여주고 그녀에게 전적으로 맡기려 했다. 이쪽 방면에서는 에루가 신성보다 나을 것이고 신성은 할 일이 너무나 많았다.

신성은 모인 영혼력을 확인했다.

암흑 신전을 통해 꾸준히 모은 덕분에 총 90의 영혼력이 모여 있었다. [D+] 고통의 리치를 강화하고 진화시켜 던전 마스터로 만들면 될 것 같았다.

"나와라."

20S를 소모하여 고통의 리치를 소환했다. 고통의 리치는 검은 로브를 입고 있는 해골이었는데 가슴에 붉은빛을 내는 라이프배슬을 지니고 있었다. 레벨은 60으로 꽤 높은 편이었다. 정예 몬스터였으니 보스 몬스터까지 진화시킬 수 있었다.

고통의 리치가 신성의 앞에 무릎을 꿇었다.

"던전의 꽃이라 불리는 리치! 대, 대단해요! 역시 마스터께서는……."

"보는 것만으로도 사악함이 느껴지는군요. 마족을 때려잡기에 적절해 보입니다."

에루와 김갑진은 고통의 리치를 보며 감탄했다. 에루는 존경을 담은 눈동자로 신성을 바라보았다. 그녀의 눈에 비친 신성은 그야말로 완벽한 신이었다.

사실 그녀는 SSS(샤이닝샤이닝 신성)단이라는 팬클럽의 일원이었다. 정회원으로 승급하면서 암흑 신전에 초대되어 악신의 신도가 된 것이다.

암흑 신전에는 신성의 사진이 사방에 걸려 있고 희귀 재료로 만든 동상이 세워져 있었다. 암흑 신전에 가입하는 조건은 스스로를 드러내지 않고 전력으로 신성을 돕는 것이었다.

그들은 어둠을 잡으려 한다면 어둠에 빠져 폐인이 될 것을 누구보다도 잘 알고 있었다. 그만큼 신성의 매력은 엄청났다. 악신의 신도들은 그저 신성을 바라보는 것만으로도 행복함이 차올랐다.

그 이상은 그들이 감당할 수 없는 신의 영역이었다.

"에루, 리치의 상급 존재를 알고 있나?"

"네, 아르케디아 온라인에는 없는 설정이지만요. 어둠의 영혼에서 나오는 몬스터예요."

"음, 그걸 머릿속으로 이미지해서 진화의 성소에 등록해 봐. 정확한 능력치 수치가 있어야 하는데……"

"해, 해볼게요. 문제없을 거예요."

진화의 성소로 다가간 에루가 부여된 권한으로 이미지 등록을 마쳤다. 계산에 조금 시간이 걸렸는데 무난하게 마칠 수 있었다.

그러자 확인 완료라는 메시지가 떠올랐다. 이제 그녀가 이미지 한 외형에 맞춰 진화할 수 있을 것이다.

에루는 아르케디아에 어둠의 영혼에 나오는 몬스터가 등장하는 것을 무척이나 기대했다. 그것은 그녀가 오래전부터 망상하던 일이었다.

한계 돌파와 체급 진화를 시킬 생각이다.

성장의 루비를 발라 중형 몬스터를 만들고 보스 몬스터로 승급시킬 수 있을 것이다.

진화할 때 이미지에 맞게 바뀌기 때문에 상당히 기대되었다. 아르케디아 온라인에 없던 새로운 몬스터를 창조해 낼 수 있는 것이다.

그렇게 하기 위해서는 정확한 능력치 수치가 필요했지만 에루는 어둠의 영혼 마스터였기에 모든 것을 알고 있었다.

"강화 조건이 상당히 높네요. 강화석도 필요하고 실패 확률도 높고요. 아무래도 아래 단계부터 차근차근……."

에루가 조금 곤란한 듯이 말했다.

신성은 인벤토리에서 빛나는 강화석을 대량으로 꺼냈다. 그러자 바닥에 후르륵 쏟아졌다. 에루는 바닥에 굴러다니는 수

많은 빛나는 강화석을 보곤 그대로 굳어버렸다.

"캐, 캐, 캐시 아이템?!"

"음? 방금 뭐라고 했어?"

"아, 아니에요."

오로지 세이프리 중앙 상점에서만 파는 캐시 아이템이, 그 것도 매주 시장에 나오는 수량이 정해져 있어 구하기 극히 힘 든 빛나는 강화석이 바닥에 돌처럼 굴러다니고 있다. 그야말 로 기절초풍할 광경이었다. 에루는 반쯤 정신이 나가 버렸다.

그런 에루는 신경 쓰지 않고 신성은 진화의 성소에 리치를 올려놓은 다음 빛나는 강화석을 집어넣었다. 망치 모양의 아 이콘이 생기더니 빛이 뿜어져 나오며 리치에게 깃들었다.

[강화에 성공하였습니다.]

빛나는 강화석을 썼기에 쉽게 강화가 되었다. 8강에서 여러 번 실패했지만 그냥 바닥에 굴러다니는 강화석을 집어넣으면 되었다. 강화 수치가 하락했지만 장비와는 다르게 몬스터가 파괴되지는 않았다.

그러니 될 때까지 강화석을 처바르면 되었다.

"아, 아……."

"역시 자본의 힘은 위대하군요."

신성이 무지막지하게 강화석을 쑤셔 넣는 장면은 에루의 멘탈을 깨뜨렸고, 김갑진의 감탄을 자아내게 하였다.

[고통의 리치 +10 강화에 성공하였습니다.]
[성장의 루비를 조합해 중형 몬스터로 진화가 가능합니다.]
[한계 돌파를 통해 보스 몬스터로 진화가 가능합니다.]
[적합한 이미지를 발견하였습니다.]

신성은 고개를 끄덕이며 에루를 바라보았다. 에루는 신성이 신호를 보내자 진화의 성소 옆에 있는 버튼을 눌렀다. 한계 돌파와 성장의 루비를 통한 체급 진화가 시작되었다. 검은 기류가 흘러나오며 고통의 리치의 모습이 감춰졌다.

[조합이 완료되었습니다.]

검은 기류 속에서 거대해진 보스 몬스터가 걸어나왔다. 마치 검은 기류와도 같은 로브를 걸치고 있었고 거대한 해골이 세 개나 달려 있었다. 한 손에 든 낫은 무척이나 음침해 보였다. 낫 역시 해골로 이루어져 있는데 움직일 때마다 기괴한 소리가 울려 퍼졌다.

공포 게임에서 나온 듯한 압도적인 비주얼이다. 기존 아르케디아의 몬스터들과는 전혀 다른 모습이다.

세계관 자체가 달랐으니 당연했다. 어둠의 영혼이라는 게임의 세계관은 그야말로 꿈도 희망도 없는 곳이었다.

Lv100

[C+] 죽음의 군주 +10(보스 몬스터)(중형)

드래곤 레어에서 탄생한 보스 몬스터. 망자를 지배하는 힘을 지니고 있다. 높은 수준의 암흑 마법을 다루며 영혼을 거두는 낫을 이용한 근접전도 수준급이다. 모든 물리 방어를 무시하기에 암흑 저항이 없다면 죽음의 군주 앞에서 살아남을 수 없다.

*[C] 해골 병사 소환

*[C+] 암흑 마법

*[C+] 어둠의 오러

*[C+] 불사의 재생(2회)

필살기

*[C+] 사신의 일격 : 영혼을 거두는 낫을 휘둘러 전방의 모든 것을 베어버린다. 암흑 저항이 없다면 사형선고나 마찬가지이다.

*드롭 아이템 : [C] 영혼의 낫, [C] 어둠의 중급 마정석

*디자이너 : [멘탈 승천] 에루

어둠의 영혼에서 극악의 난이도를 자랑했하던 보스 몬스터가 세상에 나타나는 순간이었다.

죽음의 군주는 그야말로 자본이 만든 괴물이었다.

*　　　　*　　　　*

[죽음의 군주가 지구에 등장하였습니다.]

[최초로 새로운 몬스터를 만들어냈습니다.]

[악신의 권능이 상승합니다.]

*악신의 신도들에게 계시를 내려 악신의 성을 만들 수 있습니다.

*악신의 성은 루나의 탑과 같이 악신의 권능을 나타내며 악신의 신도를 강하게 만들어줄 것입니다.

[B] 악신의 성

악신이 만든 기괴한 몬스터들이 기거하는 성.

2차 각성을 앞둔 악신의 신도들이 악신의 성에서 머물게 되면 전혀 새로운 종족으로 진화할 수 있다. 아르케디아 역사상 기록되지 않은 종족이며 개인의 성향, 능력, 외모에 따라 변화된다.

악신의 성을 일반 필드에 짓는다면 그 주변 영토는 악신의 영토로 편입되어 암흑 마력을 생산할 수 있게 된다. 세계수를 설치하면 얼어붙은 세계수로 변하며 다른 대도시와 연결되는 포탈을 열 수 있다.

악신은 성주를 임명해 성의 관리를 맡길 수 있다.

성의 권능

*[B] 징벌 : 회수된 영혼들에게 징벌을 내린다. 성향에 따라 처벌 수위가 정해지며 가벼운 태형부터 무간지옥까지 다양하다. 영혼들의 고통은 암흑 마력을 생산하는 데 큰 도움을 준다. 업그레이드를 통해 다양한 처벌 공간을 만들 수 있다.

*[B] 진화 : 악신의 신도들을 진화시킬 수 있다. 자신의 영혼을 탈피하여 악신에게 충성을 맹세해야 가능하다. 영혼의 본질이 변하며 암흑 영혼으로 재탄생하게 된다.

*[B] 생산 : 암흑 속성이 깃든 식량, 물품, 탈것 등을 생산할 수 있다. 탈것의 대표적인 예로 지옥마가 있으며, 영혼력을 소모해 생산할 수 있다.

죽음의 군주가 나타나자 악신의 권능이 상승하며 악신의

성을 지을 수 있게 되었다. 많은 자본이 드는 만큼 아직은 시기상조이겠지만 악신의 성을 지으면 마족과의 전투에 대단한 도움이 될 것 같았다.

신성은 만족스러운 눈으로 죽음의 군주를 바라보았다.

'죽음의 군주라······.'

죽음의 군주는 이름답고 상당히 강력해 보였다.

금방이라도 잔혹하게 생명을 거둘 것 같은 분위기였다. 아르케디아 온라인 세계관에는 없는 지독히도 어두운 이미지가 마음에 들었다.

거대해진 죽음의 군주의 키는 4m를 넘어서고 있었다. 중형 몬스터라 부르기에 충분한 키였다.

능력치, 외모 모두 만족스러웠다.

"대, 대단해요! 어둠의 영혼에 나오는 죽음의 군주가 완벽히 재현되었어요!"

에루가 흥분하며 외쳤다. 에루는 죽음의 군주 주위를 둘러보며 감탄을 멈추지 않았다. 죽음의 군주는 대단한 존재감을 뿌리며 신성의 명령을 기다렸다. 악신의 휘하에 속한 몬스터이기 때문에 신성의 명령을 절대적으로 따랐다. 보스 몬스터가 되면서 이성 역시 제대로 갖추고 있었는데 군주라는 이름이 들어간 몬스터답게 똑똑한 편이었다.

'음?'

신성은 드래곤 하트가 두근거리는 것을 느꼈다.

[지배의 힘이 작용합니다.]
[지배의 힘으로 암흑 속성의 몬스터를 용무기화 시킬 수 있습니다.]
[용언을 사용하여 용무기의 소환이 가능합니다.]

[A] 드래곤 웨폰

드래곤의 힘과 악신의 힘이 결합하여 탄생한 권능. 악신의 랭크가 오르며 탄생하였다. 암흑 속성의 몬스터를 무기화시켜 사용할 수 있고 몬스터가 지닌 필살기, 각성기를 자유자재로 쓸 수 있다. 암흑 속성 외에 드래곤이 보유한 속성을 추가하여 사용할 수 있다.

단, 보스 몬스터만 가능하고 인간형으로 변했을 시에만 가능하다.

*보유 리스트
[B] 죽음의 낫(드래곤 웨폰)(악신)

죽음의 군주를 용언으로 지배하여 만들 수 있는 무기. 물리 방어력을 무시하고 영혼을 거두는 힘을 지니고 있다. 암흑 속성에 대한 저항이 없다면 방어구 따위는 무용지물이다.

*필살기

[B] 영혼참 : 죽음의 낫을 휘둘러 전방의 모든 적을 베어버린다. 용언을 이용해 속성을 추가하여 더 강력한 일격을 발휘할 수 있다. 필살기 사용 후 다시 사용하기까지 시간이 필요하다.

신성은 작게 감탄했다. 인간 타입일 때 부족하던 공격력을 채울 수 있을 것 같았다. 본체로 변신하는 것보다 전략적인 공격이 가능했다.

드래곤의 전투 기술, 그리고 용의 재능이 발동하며 드래곤 웨폰을 능숙하게 사용할 수 있었다.

'시험해 볼까.'

신성은 죽음의 군주를 향해 손을 뻗었다.

[변해라.]

드래곤 하트의 마력이 급격히 소모되었다. 죽음의 군주에서 암흑 마력이 치솟더니 신성에게 빨려들어 왔다.

죽음의 군주는 신성의 등 뒤에 떠오르며 거대한 낫을 들고 있었다. 드래곤 웨폰이 되자 신성의 마력을 받아 더욱 흉악한 모습으로 바뀌었다.

신성이 손을 휘젓자 신성의 뒤에 떠오른 죽음의 군주가 거대한 낫을 휘둘렀다.

휘이!

마력이 뿜어져 나오며 멀리 떨어져 있던 나무들이 모조리 말라 버렸다. 신성은 하늘을 바라보았다. 세이프리 상공에는 구름이 가득했다.

[타올라라.]

콰아아아!

죽음의 군주가 불길에 타오르기 시작했다. 홍염을 머금은 죽음의 낫이 신성의 손에 맞춰 하늘 위로 휘둘러졌다.

초승달을 연상시키는 거대한 참격이 하늘 위로 뻗어 나갔다. 구름을 태워 버리며 그대로 폭발하자 화염의 물결이 상공을 아름답게 물들였다.

'쓸 만하네.'

용언에 대한 부담도 적었다.

신성이 만족하며 드래곤 웨폰을 풀었다. 에루가 입을 떡 벌린 채 하늘을 바라보고 있다. 김갑진은 고개를 끄덕이며 감탄했다. 늘 상식을 초월하는 모습을 보여주었기에 충격을 받을 일은 아니었다.

에루의 존경심이 이제 하늘을 찌르고도 남을 정도가 되었다.

신성은 일단 몬스터 파견소를 통해 죽음의 군주를 던전 마스터로 등록했다. 던전 마스터로 등록한 마력 분신이 사라지면 파견의 보석이 사라지기에 다시 만들어야 했다. 그러나 파견의 보석이 사라지는 것 외에는 그 안에 있는 것은 모두 무사하기에 큰 걱정은 하지 않아도 되었다.

파견소 등록을 마치자 죽음의 군주가 신성의 명령을 기다리고 있다.

"음, 과일이라도 수확하고 있어."

저 멀리서 빅 베어가 바구니를 들고 열매를 따고 있었다. 디아나가 용돈 벌이를 위해 저택 주변에 과일나무를 심었는데 맛이 좋아 짭짤한 수입을 올리는 중이라고 한다. 신성은 덕분에 신선한 과일을 먹을 수 있게 되어 상당히 만족하는 중이다.

빅 베어가 죽음의 군주를 보며 손짓하자 죽음의 군주가 붉은 안광을 토해내며 과일나무로 향했다. 다리가 없어 허공을 떠다니고 있었는데 뼈가 부딪치는 소리가 스산하게 들렸다.

과일나무에 도착하자 낫을 휘둘렀다.

후두두둑!

과일들이 깔끔하게 바닥에 떨어지자 어둠의 군주가 손을 치켜들었다. 암흑 마력이 뻗어 나가며 과일들이 둥실 떠오르더니 자동으로 바구니에 담겼다.

"구워! 구워워!"

"흘흘흘, 수확은 나의 권능. 흘흘흘."

빅 베어는 손뼉을 치며 좋아했다. 어둠의 군주는 스산한 웃음을 흘렸다. 자신의 능력을 보고 좋아하니 흡족한 모양이다.

보스 몬스터를 일꾼으로 쓰는 이는 신성밖에 없을 것이다. 어쨌든 드래곤 레어의 식구가 되었으니 쉽게 둘 수 없었다.

'숙소를 늘려야겠어.'

앞으로 몬스터들이 늘어날 테니 일꾼 숙소와 파견 몬스터의 숙소를 증축하는 것이 좋을 것 같았다. 악신의 성을 지으면 해결되기는 하겠지만 그건 나중의 이야기였다. 게다가 드래곤 레어에서 일을 시키기에는 숙소를 짓는 것이 더 좋았다.

중형 몬스터나 대형 몬스터, 그리고 초대형 몬스터가 머물 수 있으려면 상당히 규모가 커야 했다. 암흑 속성의 몬스터 같은 경우에는 악신의 성이 아니더라도 암흑 신전에 배치해도 괜찮을 것 같았다.

'규모가 더 커지면 몬스터들을 동원해 과수원이나 밭 같은 걸 만들어도 괜찮겠네.'

해골 병사 같은 악신의 권속들은 딱히 유지비가 필요 없으니 가장 좋은 일꾼이다. 숲을 개간하여 좋은 작물을 심는 것도 좋을 것 같았다. 드래곤 상점에서 파는 좋은 씨앗이 있으니 세이프리뿐만 아니라 엘브라스, 그리고 세계에도 판매할 수 있을 것이다. 물론 생산량이 많아졌을 때의 이야기다.

"배치할 몬스터는……."

신성은 영혼력을 소모해 저주의 암흑기사, 저주의 암흑 마법사를 만들었다. 그리고 탐욕의 해골 병사와 해골 마법사도 소환하여 강화했다. 무리하게 한계 돌파를 할 필요가 없었기에 8강까지만 강화하자 레벨이 대폭 올랐다.

몬스터 파견소에 등록을 마치고 파견의 보석을 에루에게 건넸다.

"처음이니만큼 부담 갖지 말고 만들어봐. 많은 고통을 주자고. 놈들에게 당한 걸 돌려줘야지."

"네! 열심히 하겠습니다!"

신성의 말에 에루가 결의에 가득 찬 얼굴로 대답했다. 그녀는 첫 몬스터 웨이브 당시 친구를 잃었다. 그 슬픔이 아직까지 남아 있었고, 슬픔이 마족을 향한 분노로 바뀌었다. 그녀의 머릿속에는 이미 악독한 함정이 떠올라 있었다. 마족에게 복수할 기회가 눈앞에 있었다. 자신이 가장 잘하는 것으로 말이다.

"오늘은 이쯤에서 정리하자."

아침부터 지금까지 업무를 보았으니 슬슬 휴식을 취할 때였다. 신성의 앞에 신성력으로 만들어진 포탈이 생기더니 루나가 등장했다. 금메달을 두 개나 목에 걸고 있는 루나는 신성을 보자마자 환하게 웃었다.

루나는 가면을 벗고 본래의 모습으로 돌아와 있었다.

에루는 루나의 등장에 깜짝 놀라며 몸이 굳어버렸다.

"루, 루, 루나 님?"

"새로 오신 분인가요? 안녕하세요?"

"아……!"

에루는 갑자기 나타난 루나 때문에 패닉 상태에 빠졌다.

수영복에 티 하나만 걸치고 있는 루나의 모습은 너무나 아름다웠다. 김갑진은 얼굴을 감싸 쥐며 한숨을 내쉬었고, 신성은 그저 피식 웃었다.

"금메달을 두 개나 땄어요!"

"봤어. 잘하더라."

"후후, 엘브라스를 꺾고 꼭 우승하겠어요!"

루나는 불타오르고 있었다. 신성은 진한 미소를 지으며 루나의 머리를 쓰다듬었다. 그 모습에 에루가 코피를 흘리며 주저앉았다.

곧이어 나타난 김수정이 에루의 어깨에 손을 올렸다.

"좋은 마음을 지니고 있군. 우리는 어둠 속에서……."

"…비, 빛을 바라본다. 다, 당신은 설마……!"

"쉿."

SSS단의 리더 김수정과 에루의 만남이었다. 그 만남으로부터 새로운 전설이 시작되었다.

김갑진과 김수정이 눈을 맞추며 고개를 끄덕였다.

에루를 환영하는 간단한 파티가 있었고, 저녁이 되었다. 루나와 신성의 관계를 알게 되자 에루는 존경의 눈으로 루나를 바라보았다. 악신을 감당하는 루나가 대단히 멋있어 보였기 때문이다.

신성은 오늘의 업무를 정리하기 위해 잠시 집무실에 들렀다. 집무실로 들어오자 힘없이 고개를 숙이고 있는 디아나의 모습이 보인다.

"뭐해?"

"104번 죽음."

"응?"

"절망."

디아나는 멘탈이 깨졌는지 눈빛이 죽어 있었다. 신성이 고개를 돌려 TV를 바라보니 '너 죽음'이라는 글자가 친절하게 떠올라 있다. 디아나가 풀 죽은 모습을 처음 보았다.

"많이 깼어?"

"튜토리얼, 나, 바보임."

"못할 수도 있지. 너무 그렇게 우울해하지 마."

그녀의 곁에 있는 메이드 해골 병사가 디아나의 어깨를 토닥여 주었다.

"뭐하고 계세요?"

루나가 집무실 안으로 들어왔다. 콘솔 게임기를 보더니 눈을 반짝였다.

"이것은 그, 그……."

"게임기."

"맞아요! 게임기라는 거죠?"

루나가 살짝 흥분하며 패드를 잡았다. 한참을 이리저리 조작하자 드디어 프롤로그 영상이 시작되었다. 프롤로그 영상은 암울 그 자체였다.

루나는 프롤로그 영상에서 눈을 떼지 못했다. 괴물과 언데드만이 남아 있는 세계에서 주인공은 어둠의 왕들을 정화해 세상에 빛을 가져와야 한다는 내용이었다.

"여신으로서 꼭 그 임무 완수하겠어요!"

"그렇게 진지하게 할 필요는 없어. 그거……."

"아니에요! 세상을 구하고야 말겠어요!"

"그래, 열심히 해."

루나는 사명감에 불타올랐다.

서류를 정리하고 있던 신성은 그런 루나를 바라보며 피식 웃다가 생각에 빠졌다.

'멘탈 파괴 게임으로 유명한데… 아니, 애초에 게임이라는 개념을 알고 있을까? 뭐, 괜찮겠지.'

대수롭지 않게 넘어간 신성이다. 디아나 역시 루나의 옆에서 화면을 바라보고 있었다.

"저의 분신을 만드는 것이군요! 오, 오……!"

캐릭터를 만들고 게임이 시작되었다. 평소라면 신성의 옆에서 기웃거려야 했지만 루나는 지금 게임에 집중하고 있었다.

"주, 죽었어?!"

"다시 살아남."

"정말?"

디아나의 말에 다시 희망이 생긴 루나는 게임에 몰두했다. 루나의 도전이 시작되었다.

퍼석! 푸욱!

"꺄앗!"

푹푹!

"아, 아, 안 돼!"

퍼억!

"흐윽! 그, 그만!"

루나의 비명과 게임 사운드만이 집무실을 가득 채웠다.

신성은 업무를 끝낸 후 목욕을 했다. 중간에 김갑진과 간단하게 내일의 일정에 관해 이야기를 한 후 김수정과 이야기를 나눴다.

이제 늦은 시간이 되었기에 자야겠다고 생각하며 집무실로 다가갔다. 표정이 창백하게 굳어 있는 디아나가 덜덜 떨며 집무실 밖에 앉아 있었다.

"왜 그래?"

"들어가면 큰일 남."

"응?"

신성은 열린 문 사이로 집무실 안을 바라보았다.

흠칫.

차가운 한기가 방 안에 감돌고 있었다.

"후, 후후……."

"루나?"

"후후, 하하, 하하하하!"

루나가 이마를 부여잡고 웃음을 내뱉었다. 그 웃음은 드래곤인 신성조차 오싹하게 만들 정도였다. 김갑진이 다급한 표정으로 집무실로 달려왔다.

"큰일입니다! 루나의 탑이 폭주해서 신성력이… 허억!"

세이프리는 지금 대낮처럼 밝았다. 세이프리의 주민들이 밖으로 나와 멍하니 하늘로 치솟는 빛의 기둥을 바라보고 있었다.

김갑진 역시 루나의 모습을 보더니 그대로 굳어버렸다.

뒤로 물러나려는 김갑진을 신성이 등을 밀었다.

안타깝지만 희생양이 필요했다.

루나의 숙이고 있던 고개가 올라가며 김갑진을 향해 꺾였다.

김갑진의 등이 식은땀으로 축축해졌다.

"루, 루, 루나 님?"

"왜 그러시죠?"

"아, 그, 이, 이제 늦었으니……."

"늦었다? 뭐가 늦었다는 거죠? 후후, 제 죽음이 헛되었다는 말인가요? 그렇게나 노력했는데 그만두라는 말인가요?"

"그, 그게 아니라……."

디아나가 신성을 바라보았다. 고개를 끄덕인 신성은 집무실 문을 닫았다.

"참… 무서운 게임이야."

"동의함."

신성은 루나가 정신을 차리면 게임을 봉인해야겠다고 생각했다.

얼마 후, 신성은 어두운 포스를 뿌리며 방으로 들어온 루나에게 한참이나 시달려야 했다.

"자, 잠깐!"

"얌전히 계세요."

"정신 차려! 성향이 떨어질지도 몰라."

"같이 떨어져요. 쾌락의 지옥으로……."

드래곤을 압도하는 루나의 모습에 신성은 그날 밤 초식 드래곤이 되었다.

단합 대회도 이제 막바지에 이르렀다.

현재 세이프리뿐만 아니라 서울 역시 떠들썩했고, 축제를 방불케 했다. 세계는 온통 단합 대회 이야기로 시끄러웠고, 매일매일 화제가 되고 있었다. 단합 대회의 종목은 기존 지구의 종목들보다 훨씬 스릴이 넘치고 화려했는데 당연한 결과였다.

루나의 활약으로 세이프리는 1위를 확정 지었고, 엘브라스가 세이프리에 이어 종합 순위 2위에 올랐다. 금메달 하나 차이어서 마지막까지 손에 땀을 쥐게 하는 경기가 이어졌는데 결국 세이프리의 승리로 끝이 났다.

세이프리의 선수들은 의욕 자체가 달랐다. 일단 승리하게 되면 승리 수당이 두둑하게 나왔으니 눈에 불을 켜고 이기려고 노력했다. 돈의 위대함을 새삼스럽게 느낄 수 있는 결과였다.

동기 부여라는 것은 대단히 중요했다. 에르소나 역시 좋은 공부가 되었을 것이다.

이제 폐막식만을 앞두고 있었는데 폐막식은 서울에서 준비하기로 해서 신성이 신경 쓸 것은 없었다. 그저 자리에 참석해 폐막식을 지켜보면 되었다.

신성은 집무실에서 올라온 보고들을 읽었다.

'단합 대회가 끝날 때쯤에 마물의 숲이 완전히 등장하겠군.'

라스베이거스 옆에 자리 잡은 마물의 숲은 이미 거대한 숲이 되어 있었다. 다행인 점은 마물의 숲 안에 있는 몬스터들이 외부로 나오지 않는다는 점이다. 아르케디아의 설정과는 다르게 외부로 나와 라스베이거스를 공격했다면 대단히 골치 아픈 일이 될 수도 있었다.

마물의 숲을 정복하면 어비스로 통하는 포탈을 열 수 있으니 이제 싸움이 새로운 국면으로 전환되는 시점이다. 아마 다른 대도시들도 그것을 알고 있을 것이다.

'마물의 숲 자체는 어렵지 않지만… 그 후가 문제인가.'

어비스에 루나의 신전을 세우고 부활석을 설치해야 했다.

자금이 많이 든다는 것뿐이지 그렇게 힘든 일은 아닐 것이다. 마족에 비해 아르케디아인들은 수적 열세에 속하니 부활석은 필수였다. 어비스를 공략하고 마계에 진출하여 마계를 식민지화시켜야 했다. 메인 스토리는 마계를 유지하고 있는 마왕들을 제거해 마계를 완전히 없애 버리는 것이지만 그렇게 된다면 용신이 떠오르게 된다.

차라리 마계는 유지하면서 식민지를 만들고 용신을 견제하는 것이 좋을 것 같았다.

'차라리 어비스에 악신의 성을 세우는 것이 좋겠어.'

지구에 세운다면 영토 문제도 있고 여러모로 복잡한 일이 발생할 가능성이 컸다. 그러나 누구의 소유도 아닌 어비스에 악신의 성을 세운다면 이야기는 달라진다.

세계수를 이용해 어비스에 있는 악신의 성으로 자유로운 이동이 가능해진다면 마족보다 빠르게 어비스를 점령할 수 있을 것이다. 세이프리와 신루의 자금을 쏟아붓는다면 충분히 가능한 이야기였다.

마물의 숲 토벌은 세이프리의 주민들과 다른 대도시에 자율적으로 맡길 생각이다. 아르케디아인들의 레벨을 적어도 100 이상으로 끌어올려야 어비스에서 전투가 가능하기 때문이다.

신성은 마물의 숲이 토벌될 동안 자금을 축적할 수 있는 계획을 세웠다. 세계수와 신루를 이용한다면 자금을 끌어모을 수 있을 것이다.

'마물의 숲은 그렇게 하는 걸로 하고……'

신성이 가장 공들이고 있는 일이 남아 있었다. 바로 던전 파견 작업이다.

신성의 앞에 던전에 대한 정보가 떠올랐다. 에루가 일주일 동안 밤낮을 잊고 만든 던전인데 신성은 하나하나 주의 깊게 살펴보았다.

'좋은데?'

신성은 흡족한 미소를 지었다. 신성이 기대한 것보다 훨씬 대단한 던전이 만들어졌기 때문이다. 던전 자체는 소형이다 보니 규모가 작은 편이었지만 작은 규모가 아쉽게 느껴지지 않을 만큼 던전의 내용은 지옥 그 자체였다.

이것은 시작에 불과했다. 이 소형 던전을 시작으로 차근차근 던전을 늘려가며 몬스터 웨이브가 가능한 파견의 보석을 만들 수 있을 것이다.

'수확을 준비해야겠군.'

신성은 저택 밖으로 나왔다.

던전 관리부에 두루마리를 나르고 있던 에루가 신성에게 고개를 숙이며 인사했다.

에루는 마도 공학 기술과 던전을 융합하는 방법을 생각해 냈는데 사르키오를 던전 관리부에 초청해서 도움을 받고 있었다. 사르키오는 에루를 대단히 귀여워했는데 손녀처럼 대하고 있었다.

"허허, 안녕하십니까, 각하?"

"일은 잘 진행되고 있습니까?"

"성과가 나오고 있습니다. 단합 대회가 끝나게 되면 중형 비공정을 생산할 수 있을 것 같습니다."

신성은 고개를 끄덕였다. 비공정은 중요했다. 어비스를 점령할 때에도 대단한 역할을 할 것이다. 전투에 미친 마족과의 싸움에서 우세를 점할 수 있는 것이 바로 마도 공학 기술, 그리고 비공정이었다.

"신루의 마법 책들을 응용하면 요구하신 마력 폭탄을 만들 수 있을 것 같습니다."

"평소에는 안전해야 합니다."

"네, 그 부분은 신경 쓰고 있습니다. 허허, 연금술사들에게 자문하고 있습니다만… 아무래도 자금이……."

신성이 예산을 더 늘려주기로 하자 사르키오는 그제야 제대로 웃을 수 있었다. 중형 비공정에서 날아다니며 높은 상공에서 폭탄을 뿌린다면 마족은 싸워보지도 못하고 심각한 피해를 볼 것이다.

곧 완공되는 신루의 아카데미에서 비공정 조종법을 필수로 가르칠 생각이다. 여러모로 미래를 대비하느라 바쁜 신성이었다.

신성은 드래곤 상점에서 파견의 던전과 관련된 시설을 구입했다. 포로들을 가둬놓는 지하 감옥과 지하 감옥에 딸린 세뇌실이었다.

[C] 드래곤의 지하 감옥
적을 가두어놓는 감옥. 드래곤의 기운이 감돌고 있어 감옥에

있는 것만으로도 큰 압박감을 느낀다. 세뇌실에서 적들이 가지고 있는 정보를 빼낼 수 있고 적을 세뇌하여 아군으로 만들 수 있다.

지하 감옥에 투옥된다면 무장이 완전히 해제되어 무력화된다.

최대 수용 인원 : 20명
유지비 : 2KC/월

감옥이다 보니 유지비는 그리 많이 들지 않았다.

드래곤의 지하 감옥의 위치를 정하자 바닥에 문이 생기더니 계단이 딸린 통로가 생겼다.

지하 감옥답게 횃불이 놓여 있었는데 분위기가 음산했다. 암흑기사를 간수로 임명해 지하 감옥을 지키게 했다. 디아나의 심부름을 하는 것보다 지하 감옥이 편하게 느껴지는지 암흑기사는 신성에게 고마움을 표시하며 감옥으로 사라졌다.

점점 드래곤 레어의 구색이 갖춰지고 있었다. 저택을 중심으로 다양한 시설이 들어서 있었기에 외관상으로도 보기가 좋았다. 특히 숲의 중심에 솟아 있는 세계수는 대단히 아름다웠다.

"보내볼까."

신성은 손에 들린 파견의 보석을 바라보며 진한 미소를 지었다. 파견의 보석을 활성화하자 찬란한 빛이 뿜어져 나오기 시작했다.

[마계로 파견의 보석을 배치합니다. 파견의 보석은 랜덤으로 배치되며 던전 마스터가 쓰러지기 전까지 남아 있게 됩니다.]
[던전에서 획득한 물품은 드래곤 레어의 창고에 자동 전송됩니다.]
[던전에서 획득한 포로는 드래곤의 지하 감옥에 자동으로 전송됩니다. 지하 감옥 정보창에서 포로의 상태를 확인할 수 있습니다.]

파견의 보석이 공중에 떠오르다가 공간을 뚫고 사라졌다. 과연 얼마나 효과가 있을지 신성은 무척이나 기대되었다.

＊　　　　＊　　　　＊

마계.

보랏빛으로 물든 하늘은 마계의 상징과도 같았다. 아름다운 아르케디아와는 다르게 삭막하기 그지없었다.

그러나 마계의 자원은 아르케디아보다 풍부한 편이었다. 회귀한 재료가 널려 있는 광산과 비옥한 땅은 마계의 상징과도 같았다.

그러나 그런 풍부한 자원이 있는 땅은 가진 자들의 전유물이었다. 여러 세력이 더 많은 자원을 얻기 위해 싸워왔다. 상대를 지배하여 더 높은 곳으로 올라가기 위해 전투를 벌여왔다.

매일같이 전투가 일어나 새로운 세력이 나타나거나 기존 세력이 망하는 일은 일상다반사였다.

승자가 모든 것을 가지는 것이 마족의 전통이었고, 패자는 승자에게 무조건 복종해야 했다.

야만스럽다고 볼 수 있었지만, 그것이 마족을 강하게 만들어온 힘이었다.

마족들은 힘을 숭상했다. 마왕에 대한 절대적인 복종이 있는 것은 마왕이 강했기 때문이다.

힘이 있다면 마왕의 자리에 언제든지 도전할 수 있었지만 마계를 지배하고 있는 마왕들이 바뀐 적은 단 한 번도 없었다.

그들은 지존이었고 마족들에게 있어서 신이었다.

마왕들은 마계에서 가장 비옥한 땅을 차지하고 있었고, 나머지 자원과 땅을 차지하기 위해 마계의 귀족들이 다투고 있었다.

하급 마족 트리시는 고위 마족 할버트 휘하의 기사단원이다. 최근 영지 내에 보석 형태의 괴상한 던전이 발견되었다는 소식이 전해지자 할버트는 인트리와 그의 부하들로 하여금 던전을 정찰하라고 명령했다.

'던전에서 소식이 끊겼다고 했던가?'

본래는 마족이라 부를 수도 없는 자들을 보냈지만, 연락이 끊겨 그녀가 직접 부하를 이끌고 향한 것이다.

그녀는 겨우 던전 따위에 자신이 움직이는 것이 마음에 들지 않았다. 영지 전쟁 쪽에 파견되기를 원했지만 할버트는 그녀를 상당히 아꼈다.

그녀는 사실 할버트의 손녀였다. 영지 최전방에서의 싸움을 원하는 그녀를 달래기 위해 던전으로 보낸 것이다.

머리를 식히고 온다면 얌전해지리라 생각한 할버트였다.

최근에 어비스라는 차원 공간에 진입할 수 있는 포탈이 나타나기 시작했는데, 할버트는 그 포탈을 차지하기 위해 이웃 영지와 전쟁을 하는 중이었다.

'전쟁터로 가서 놈들을 대량으로 죽인다면 지금보다 몇 배 더 강해질 수 있어. 할아버지께서 어쩌면 마왕에 이를 수 있을지도 몰라.'

그녀는 그렇게 생각하며 고개를 끄덕였다.

이것이 마족들의 공통된 생각이었다. 부여된 재능보다 더 강해질 수 있는 길이 있었다. 그것은 문헌에 적혀 있는 내용이고 마왕들이 인정한 사실이었다.

그랬기에 어비스 차원으로 가는 포탈을 차지하기 위한 싸움이 마계 곳곳에서 벌어지고 있었다. 마왕도 무거운 몸을 움직일 만큼 값어치가 있었다.

그녀는 가장 선봉에 서서 아르케디아의 종족들을 몰살하기를 원했다. 그리고 그 힘으로 누구보다도 강해지길 원했다. 그러나 할버트는 그녀를 위험한 곳에 보내지 않았다. 그것이 그녀는 너무나 답답했다.

'던전이라…… 심심풀이는 되겠지.'

트리시는 불의 마왕에게서 이름을 부여받은 엘리트였다.

그녀의 혈통은 무척이나 뛰어났다.

고위 마족인 할버트의 힘과 직계 조상인 서큐버스의 힘을 동시에 지니고 있었다.

그녀가 완전히 각성한다면 중급 마족 이상으로 올라설 수 있을 것이다.

"트리시 님, 저기 보석이 보입니다."

경갑을 입고 있는 마족이 트리시에게 말했다. 트리시는 고개를 돌려 보석을 바라보았다. 보석은 상당히 아름다웠는데 던전이 아니라 예술 작품을 보는 것 같았다. 할버트가 직접 보았다면 소유하기 위해서 직접 나설지도 몰랐다.

그만큼 보석은 매혹적이었다.

트리시의 눈에 탐욕이 서렸다.

보석에 손을 가져다 대자 공간이 일렁이더니 포탈이 생성되었다. 처음 보는 형태의 던전이었지만 마계에는 이보다 더 특이한 던전이 많이 있었다. 천계와의 전쟁 때 마신이 죽으면서 마계에 마신의 피가 흩뿌려졌는데 그곳에서 던전이 탄생했다고 구전되어 왔다. 전설과도 같은 이야기였다.

"진입한다."

트리시와 그녀의 부하들이 던전 안으로 진입했다.

던전은 어두웠다. 일반적인 동굴 형태의 던전이라 새로울 것은 없었는데 왜인지 음산한 분위기가 흘렀다.

트리시가 손가락을 튕기자 빛의 구가 떠오르며 주변을 밝혔다.

"트리시 님, 자원이 풍부합니다."

"이 정도라면 주인님께 도움이 될 수 있을 것 같습니다."

"보기 드문 자원 던전이군."

전쟁으로 자금난에 허덕이고 있는 상황에 숨통을 틔게 해줄 수 있을 것 같았다.

그만큼 던전에 있는 자원은 상등품이었다.

던전 입구에서부터 찾을 수 있으니 안으로 들어간다면 더 좋은 자원이 있을 확률이 컸다.

'자원을 가지고 탈영한 건가?'

이름조차 없는 명예롭지 못한 자들이니 자원을 가지고 탈영했을 가능성도 있었다.

심심치 않게 발생하는 일이다.

마족은 전투 중에 죽는 것을 명예라고 여기며 도망자들에게는 가차 없었다.

긴장이 풀린 트리시는 앞서서 던전 안으로 들어갔다. 던전의 규모는 작아 보였다. 긴 굴이 앞으로 이어져 있고 주변은 평범했다.

휘익!

바람 소리가 들렸다. 트리시는 대수롭지 않게 생각하며 앞으로 나아갔다.

"몬스터입니다!"

"언데드?"

해골의 모습이 보였다.

트리시가 손을 휘둘러 어렵지 않게 해골을 처리했다.

해골이 하급 마정석을 드롭하며 사라졌다.

트리시는 찜찜한 느낌이 들었다.

해골 자체는 언데드치고는 강한 편이었다. 그러나 이상하리만큼 반응이 느렸다.

부하들이 하급 마정석을 들고 웃고 있다. 쉬운 몬스터치고는 보상이 짭짤했기 때문이다.

"음? 발버튼은 어디 갔지?"

"뒤에서 따라오고 있었는데……."

그녀의 말에 가장 뒤에 있던 부하가 뒤를 바라보며 말했다. 뒤는 암흑만이 가득했다. 한 치의 앞도 보이지 않는 암흑 그 자체였다.

"뭐지?"

그녀는 어리둥절한 표정인 부하들을 제치고 뒤로 걸어갔다. 방금 온 지나온 그 길이 아니었다. 무척이나 깔끔하게 변해 있었다. 방금 온 길은 동굴 같은 느낌이었다면 지금은 잘 만들어놓은 복도였다.

아무리 생각해 봐도 오던 길이 아니었다. 그녀가 함정이라고 생각하는 순간이다.

휘익!

불빛이 꺼지며 바람이 스쳐 지나가는 소리가 들려왔다.

그녀는 다시 손가락을 튕기며 마법을 시전했다. 무언가 방해를 하는 듯 빛의 구가 잘 생성되지 않았다.

몇 번의 시도 끝에 다시 밝은 빛을 내는 구를 만들 수 있었다.

"로이나?"

가장 앞에 있던 로이나의 모습이 보이지 않았다.

트리시의 표정이 굳었다. 벌써 부하 둘이 사라져 버렸다.

상황이 이렇게 되니 도저히 정상적인 던전이라고 생각할 수 없었다. 몬스터가 나오는 기척조차 느끼지 못했기 때문이다.

달그락! 텅!

갑자기 울리는 소리에 트리시는 전투 자세를 취했다. 그녀의 부하들도 마찬가지였다. 소리의 진원지로 가보니 로이나와 발버튼의 방어구와 무기가 보였다. 방어구와 무기가 잠시 뒤 환상처럼 사라졌다.

그그그극!

무언가 긁히는 소리가 났다. 트리시는 고개를 천천히 들었다.

천장은 그녀가 느끼지도 못하는 사이에 무척이나 높아져 있었다.

그녀가 고개를 완전히 든 순간이다. 어둠을 밝히는 붉은 안광들이 보였다. 빛의 구가 자동으로 들리며 그 붉은 안광들을 밝혔다.

"아……."

벽에 붙어 있는 해골들이 보였다.

트리시가 상대한 해골과는 다르게 표면이 검은색이었다. 너무나 어두워 오로지 붉은 안광만이 보일 뿐이다.

벽에 붙어 있는 해골들이 후두두 떨어져 내렸다.

트리시의 부하들이 맞서 싸우려 했지만 공격이 먹히지 않았다.

"크악!"

"악!"

부하들이 해골에 둘러싸여 어둠 속으로 사라졌다. 거미줄에 걸린 나비처럼 허우적거리다가 순식간에 사라졌다.

강했다.

해골들은 강했다. 느린 움직임, 약한 내구도, 그것이 언데드의 약점인데 저 검은 해골에게 그런 약점 따위는 존재하지 않았다.

트리시는 지금 자신의 힘으로는 저 해골들을 이길 수 없음을 깨달았다.

"도망쳐!"

남은 부하들과 함께 전력을 다해 뛰기 시작했다.

어디로 향하는지도 모른다. 그저 해골들을 피하기 위해 뛰었다. 그녀가 달려 나가는 순간 바닥이 무너지며 부하들이 사라졌다.

처절한 비명이 울려 퍼졌다.

그녀는 빠르게 손을 뻗어 부하의 손을 잡았다. 그러나 바닥에서 촉수가 올라오더니 부하를 휘감았다.

스윽!

부하가 어둠 속으로 사라졌다.

주위가 순식간에 조용해졌다. 그녀는 덜덜 떨리는 손을 감싸 쥐며 자리에서 일어났다.

하급 마족이 되면서 처음 느끼는 두려움이 그녀를 지배했다. 이곳은 그저 던전 따위가 아니었다. 알 수 없는 미로였고, 생명을 잡아먹는 지옥이었다.

"나와! 나오라고!"

그녀는 발악하며 외쳤다.

붉은 안광을 토해내는 해골은 보이지 않았다. 공허한 외침만이 긴 통로를 울릴 뿐이었다. 통로는 어느새 평범한 통로로 변해 있었다.

복도와 같은 모습은 사라지고 없었다. 떨리는 걸음으로 던전 끝에 이르렀다. 뒤로 돌아갈 수도 없었다.

눈앞에 넓은 공간이 나타났다. 그녀는 그 공간 안으로 들어온 순간 바닥에 털썩 주저앉을 수밖에 없었다.

그그그극!

낫을 들고 있는 거대한 해골이 그녀를 바라보고 있었다. 세 개의 머리가 돌아가며 입이 벌어졌다. 입안에서 검은 기류가 흘러나오며 주변을 어둠으로 물들였다.

빛의 구가 반짝이더니 그대로 꺼져 버렸다.

해골이 거대한 손을 뻗자 그녀는 그대로 의식을 잃었다.

"흘흘흘……."

음침한 웃음소리만이 울려 퍼질 뿐이다.

쓰러진 그녀의 모습이 순식간에 사라져 버렸다.

『드래곤 레이드』 6권에 계속…

초대형 24시 만화방

신간 100%, 샤워실, 흡연실, 수면실(침대석), 커플석, 세탁기 완비

■ 시흥 정왕25시점 ■

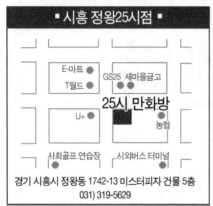

경기 시흥시 정왕동 1742-13 미스터피자 건물 5층
031) 319-5629

■ 강북 노원역점 ■

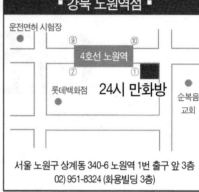

서울 노원구 상계동 340-6 노원역 1번 출구 앞 3층
02) 951-8324 (화용빌딩 3층)

■ 일산 정발산역점 ■

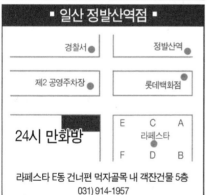

라페스타 E동 건너편 먹자골목 내 객잔건물 5층
031) 914-1957

■ 일산 화정역점 ■

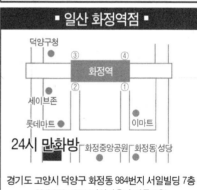

경기도 고양시 덕양구 화정동 984번지 서일빌딩 7층
031) 979-4874 (서일사우나 건물 7층)

■ 부천 역곡역점 ■

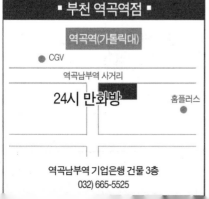

역곡남부역 기업은행 건물 3층
032) 665-5525

■ 부평역점 ■

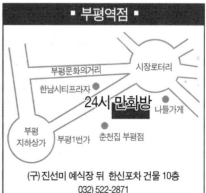

(구)진선미 예식장 뒤 한신포차 건물 10층
032) 522-2871

이계진입 리로디드

임경배 퓨전 판타지 소설

FUSION FANTASTIC STORY

『권왕전생』임경배의 2015년 신작!

『이계진입 리로디드』

왕의 심장이 불타 사라질 때,
현세의 운명을 초월한 존재가 이 땅에 강림하리라!

폭군으로부터 이세계를 구원한 지구인 소년 성시한.
부와 명예, 아름다운 연안…
해피엔딩으로 이야기는 끝인 줄 알았건만
그 대가는 지구로의 무참한 추방이었다.
그리고 10년 후……

"내가 돌아왔다! 이 개자식들아!"

한 번 세상을 구한 영웅의 이계 '재'진입 이야기!

Book Publishing CHUNGEORAM

유행이 아닌 자유추구 -
WWW.chungeoram.com

철순 장편소설
FUSION FANTASTIC STORY

괴물
포식자

지구 곳곳에 나타난 차원의 균열.
그것은 인류에게 종말을 고하는 신호탄이었다.

『괴물 포식자』

괴물을 먹어치우며 성장한 지구 최강의 사내, 신혁돈.
그는 자신의 힘을 두려워한 인류에 의해
인류의 배신자라는 낙인이 찍히고 죽게 되는데…

[잠식이 100%에 달했습니다.]
[히든 피스! 잠들어 있던 피닉스의 심장이 깨어납니다.]

불사의 괴물, 피닉스의 심장은
신혁돈을 15년 전으로 회귀하게 한다.

먹어라! 그리고 강해져라!
괴물 포식자 신혁돈의 전설이 시작된다!

Book Publishing CHUNGEORAM

유행이 아닌 자유추구 -
WWW.chungeoram.com

2016년의 대미를 장식할 최고의 스포츠 소설!!

Career record : 984W 26L
Career titles : 95
Highest ranking : No.1(387weeks)
Grand Slam Singles results : 23W
Paralympic medal record : Singles Gold(2012, 2016)

**약 십 년여를 세계 최고로 군림한 천재 테니스 선수.
경기 내내 그의 몸을 지탱하고 있는 것은…… 휠체어였다.**

『그랜드슬램』

**휠체어 테니스계의 신, 이영석(32).
그는 정상의 자리에서도 끝없는 갈망에 사로잡혀 있었다.**

"걷고 싶다, 뛰고 싶다. …날고 싶다!!"

뛸 수 없던 천재 테니스 선수
그에게, 날개가 달렸다!!!

Book Publishing CHUNGEORAM

유행이 아닌 자유추구 -
WWW. chungeoram.com

GAME BALL

게임볼 설경구 장편 소설
FUSION FANTASTIC STORY

무명의 야구인이었던 남자,
우진이 펼치는 야구 감독으로서의 화려한 일대기!

『게임볼』

"이 멤버로 우승을 시키라고?"

가상 야구 게임,
게임볼을 통해 인생 역전을 꿈꾸는

한 남자의 뜨거운 행보에 주목하라!

Book Publishing CHUNGEORAM

유행이 아닌 자유추구 -
WWW.chungeoram.com

투신
강태산

박선우 장편소설

FUSION FANTASTIC STORY

무림을 휩쓸던 '야차(夜叉)'가 돌아왔다.

『투신 강태산』

여행사 다니는 따뜻한 하숙생 오빠이자
국가위기 특수대응팀 '청룡'의 수장.
그리고 종합격투기계를 휩쓸어 버린 절대강자.
전 세계를 무대로 펼쳐지는 투신 강태산의 현대 종횡기!!

"나는, 나와 대한민국의 적을, 철저하게 부숴 버릴 것이다."

서러웠던 대한민국은 잊어라!
국민을 사랑하는 대통령과 절대강자 투신이 만들어 나가는
새로운 대한민국이 펼쳐진다!!